Les apprenties déesses

ATHÉNA LA PRODIGE

Les apprenties déesses

ATHÉNA LA PRODIGE

JOAN HOLUB
ET SUZANNE WILLIAMS

Traduit de l'anglais par
Sylvie Trudeau

Copyright © 2010 Joan Holub et Suzanne Williams
Titre original anglais : Goddess Girls: Athena the Brain
Copyright © 2013 Éditions AdA Inc. pour la traduction française
Cette publication est publiée en accord avec Simon & Schuster Children's Publishing Division, New York,
Tous droits réservés. Aucune partie de ce livre ne peut être reproduite sous quelque forme que ce soit sans la
permission écrite de l'éditeur, sauf dans le cas d'une critique littéraire.

Éditeur : François Doucet
Traduction : Sylvie Trudeau
Révision linguistique : Féminin pluriel
Correction d'épreuves : Nancy Coulombe, Katherine Lacombe
Montage de la couverture : Matthieu Fortin
Illustration de la couverture : © 2010 Glen Hanson
Conception de la couverture : Karin Paprocki
Mise en pages : Sébastien Michaud
ISBN papier 978-2-89667-821-1
ISBN PDF numérique 978-2-89683-857-8
ISBN ePub 978-2-89683-858-5
Première impression : 2013
Dépôt légal : 2013
Bibliothèque et Archives nationales du Québec
Bibliothèque Nationale du Canada

Éditions AdA Inc.
1385, boul. Lionel-Boulet
Varennes, Québec, Canada, J3X 1P7
Téléphone : 450-929-0296
Télécopieur : 450-929-0220
www.ada-inc.com
info@ada-inc.com

Diffusion
Canada :   Éditions AdA Inc.
France :   D.G. Diffusion
                 Z.I. des Bogues
                 31750 Escalquens — France
                 Téléphone : 05.61.00.09.99
Suisse :   Transat — 23.42.77.40
Belgique :   D.G. Diffusion — 05.61.00.09.99

Imprimé au Canada

Participation de la SODEC. SODEC
Nous reconnaissons l'aide financière du gouvernement du Canada par l'entremise du Fonds du livre
du Canada (FLC) pour nos activités d'édition.
Gouvernement du Québec — Programme de crédit d'impôt pour l'édition de livres — Gestion SODEC.

Pour Paula McMillin, Sherylee Vermaak
et les déesses du monde entier
— J. H. et S. W.

TABLE DES MATIÈRES

1

La lettre

Une brise étrange et scintillante s'engouffra par la fenêtre de la chambre d'Athéna, un matin, apportant un rouleau de papyrus. Elle se leva de son bureau d'un bond et observa avec stupéfaction le rouleau qui tourbillonnait dans sa direction.

— Un message pour Athéna en provenance du mont Olympe ! hurla le vent. Est-elle présente ?

— Oui, je suis elle. Je suis présente. Je veux dire… Je suis Athéna, répondit-elle précipitamment.

La brise s'immobilisa aussi abruptement qu'elle s'était levée, et le rouleau tomba au beau milieu de son devoir de sciences. Un frisson d'excitation l'envahit. Elle n'avait jamais reçu auparavant de message de la part des dieux! Ni aucun humain de sa connaissance non plus. Les dieux et les déesses du mont Olympe régnaient sur Terre, mais ils ne dévoilaient leurs pouvoirs que pour des choses d'une importance capitale. Que pouvaient-ils bien lui vouloir? Lui transmettaient-ils une mission urgente pour sauver le monde?

Elle déroula le papyrus aussi rapidement qu'elle le put et commença à lire.

CHÈRE ATHÉNA,

CECI POURRAIT TE PARAÎTRE SURPRE-
NANT, MAIS MOI, ZEUS, ROI DES DIEUX
ET SOUVERAIN DES CIEUX, JE SUIS TON
PÈRE. ET, BIEN ENTENDU, CELA FAIT DE
TOI UNE DÉESSE.

Hein? Les genoux d'Athéna tremblaient
si fort qu'elle se laissa retomber sur sa
chaise. Elle poursuivit sa lecture :

TU DOIS BIEN AVOIR ENVIRON...
NEUF ANS, MAINTENANT?

— Disons plutôt 12, marmonna-t-elle entre ses dents.

Et pendant la plus grande partie de ces 12 années, elle s'était languie de savoir qui étaient ses parents. Elle s'était raconté des histoires interminables dans sa tête, tentant d'imaginer de quoi ils avaient l'air.

Une pièce du casse-tête venait enfin d'atterrir dans ses mains. Ou sur son bureau, à tout le moins. Ses yeux parcoururent le reste de la lettre :

QUOI QU'IL EN SOIT, TU ES MAINTENANT ASSEZ VIEILLE POUR POURSUIVRE TES ÉTUDES A L'ACADÉMIE DU MONT OLYMPE, DONT JE SUIS, MOI, TON CHER VIEUX

PAPA, LE DIRECTEUR. JE T'ORDONNE DONC PAR LA PRÉSENTE DE TE PRÉPARER À TE RENDRE AU MONT OLYMPE DE CE PAS. LE SERVICE DE LIVRAISON HERMÈS VIENDRA TE PRENDRE CHEZ TOI DEMAIN MATIN.

TONNERREMENT VÔTRE,

ZEUS

* * *

Tout ceci avait-il réellement lieu? Elle arrivait à peine à le croire! Sous la signature, il y avait un dessin, le pire qu'elle n'eut jamais vu. Cela ressemblait à une espèce de chenille, mais Athéna avait le sentiment que c'était censé être un bras musclé. Elle fit un sourire ironique.

Chose certaine, Zeus n'était pas ce qu'on appelle un artiste.

Un Z doré resplendissant en forme d'éclair, l'insigne officiel de Zeus, était embossé sur le côté du dessin. Elle en suivit le tracé du bout du doigt.

— Aïe!

Une décharge électrique lui pinça le bout du doigt, et le parchemin lui échappa des mains. Alors que le picotement la traversait tout entière, le papyrus se referma brusquement et alla rouler sur la moquette. Aucun doute désormais, la lettre venait bien du roi du mont Olympe!

Se sentant secouée, mais pas à cause de la décharge, elle déglutit. Elle était sa fille. Une déesse!

Athéna sauta sur ses pieds, ne sachant pas si elle devait être heureuse ou contrariée, mais sentant un mélange des deux l'envahir. Se précipitant vers le miroir, elle y observa son reflet. Ses yeux gris pleins de détermination lui rendirent son regard, ne paraissant pas différents alors qu'avant d'avoir lu la lettre. Et ses longs cheveux châtains ondulés étaient eux aussi comme avant. Du bout du doigt, elle retroussa vers le haut le bout de son nez trop long à son goût, puis fronça les sourcils en voyant le museau de porcelet que cela lui faisait.

Elle ne savait plus trop à quoi elle s'était attendue en allant se voir dans le miroir. D'être soudainement devenue belle, sage et puissante ? Autrement dit, de ressembler davantage à une déesse ?

Elle se retourna en entendant Pallas, sa meilleure amie, entrer dans leur chambre.

Crounche ! Crounche !

Pallas la dévisagea en croquant dans une pomme.

— Qu'est-ce que c'est que ça ? demanda-t-elle en faisant un geste vers la lettre sur le sol.

— Euh…

Athéna prit la lettre rapidement et la cacha derrière son dos.

L'air suspicieux, Pallas s'approcha en essayant de voir de quoi il s'agissait.

— Allez, donne ! Je te connais depuis toujours. Pourquoi ces secrets soudainement ?

Athéna tapa doucement une extrémité du rouleau contre son dos. D'une part, elle avait envie de faire des pirouettes et de clamer bien haut qu'elle était une déesse ! Mais en même temps, elle voulait cacher la lettre au fond de son placard et faire semblant que celle-ci n'était jamais arrivée.

L'ordre qu'elle venait de recevoir de Zeus allait changer toute sa vie.

— C'est une lettre, admit-elle enfin. De mon père. Il se trouve que c'est… Zeus.

Pallas s'arrêta de mastiquer, la bouche encore pleine.

— Ouoi ? Zeu ?

Elle finit rapidement de mastiquer et avala sa bouchée.

— Ton père est le roi des dieux ?

Athéna hocha la tête en lui tendant le rouleau de papyrus.

Pallas le lui arracha presque des mains. Lorsqu'elle eut fini de lire, elle avait les yeux ronds d'ébahissement.

— Tu es une *déesse* ?

Sa voix était montée d'un cran en prononçant le dernier mot.

— Je ne voudrais surtout pas que ça change quoi que ce soit, dit Athéna à toute vitesse. On va rester les meilleures amies, n'est-ce pas ?

Pallas examina le papyrus de près, semblant ne pas avoir entendu.

— Qui te l'a apportée ?

— Le vent.

— Elle porte le sceau officiel et tout le tralala. C'est vrai, donc... une invitation au mont Olympe.

Pallas regarda Athéna, émerveillée.

— Ma meilleure amie est une déesse !

— Alors, tu crois que je devrais y aller ?

Et même si elle posait la question, Athéna savait que l'idée d'aller à l'Académie du mont Olympe commençait à faire son chemin dans son esprit.

Mais comment allait-elle pouvoir le dire à Pallas? Elle serait dévastée à l'idée qu'Athéna déménage.

Pallas jeta le papyrus sur son lit. Encore une fois, il s'enroula sur lui-même brusquement.

— Tu perds la raison? Bien sûr que tu dois y aller! s'exclama-t-elle. Voilà ta chance de devenir vraiment quelqu'un! Je veux dire : qui ne voudrait pas être une déesse?

Athéna s'étreignit elle-même et regarda par la fenêtre en direction de la rivière Triton, se sentant un peu blessée. On aurait dit que Pallas essayait de se débarrasser d'elle. Elle vivait avec la famille de Pallas depuis qu'elle était bébé. Les deux filles avaient partagé cette chambre et avaient vécu comme des sœurs toute leur vie.

— Mais tu vas me manquer, Pal, dit Athéna doucement.

Pallas s'approcha de la fenêtre et entoura Athéna de ses bras. Sa voix était plus douce, désormais, comme si elle venait de se rendre compte qu'elle allait perdre sa meilleure amie.

— Ouais. Tu vas me manquer aussi, dit-elle en prenant une grande inspiration. Mais tu t'es toujours posé des questions au sujet de tes parents. Voilà ta chance de pouvoir enfin découvrir qui ils sont. Et de plus, on dirait bien que Zeus ne te donne pas vraiment le choix.

Athéna hocha la tête.

— En effet, sa lettre est plutôt impérative.

Elle leva le nez en l'air d'une manière arrogante pour le citer en prenant une voix profonde et autoritaire :

— «Je t'ordonne donc par la présente de te préparer à te rendre au mont Olympe de ce pas.»

Pallas ricana.

— «Tonnerrement vôtre», l'imitat-elle d'un ton de basse très fort.

— Zeus! terminèrent-elles en chœur.

Elles se laissèrent tomber chacune sur leur lit, écroulées de rire.

— J'imagine que contrevenir aux désirs d'un dieu, même s'il est mon père, serait une très mauvaise idée, dit Athéna une fois qu'elles furent calmées. S'il se fâchait, il pourrait bien me jeter l'un de ses éclairs à la tête.

Pallas pâlit soudainement, et elle se releva sur un coude pour la regarder.

— Crois-tu qu'il pourrait être violent ? demanda-t-elle.

— Ne t'en fais pas, dit Athéna rapidement, en se tournant sur le côté pour regarder Pallas. Je suis certaine que nous allons bien nous entendre.

Mais elle ne pouvait s'empêcher de se rappeler cet éclair et de se sentir un peu nerveuse à l'idée de rencontrer ce père si puissant.

Elle tendit la main vers un jouet sur sa table de chevet, un cheval de bois nommé Woody.

— Je me demande de quoi aura l'air l'Académie, songea-t-elle tout haut en lissant des doigts la crinière de son jouet d'enfance préféré.

— Je parie que les dieux et les déesses qui la fréquentent sont tous des génies comme toi, dit Pallas en appuyant sa tête sur son poing. En fait, je n'arrive pas à croire que personne n'ait deviné que tu es une déesse. Je veux dire, tu as appris à tricoter et à faire des maths alors que tu n'avais que trois ans ! Tu es beaucoup plus brillante que nous tous.

Athéna haussa les épaules, sachant que c'était la vérité. Ses études, ici-bas sur Terre, étaient si faciles qu'elles en étaient ennuyantes.

— Et il y a les autres choses, aussi, laissa entendre Pallas avec délicatesse.

Athéna tressaillit en regardant ailleurs. Des choses *bizarres*, voulait dire Pallas, mais elle était trop gentille pour le dire comme ça. Comme cette journée où Athéna avait inventé la première flûte et la première trompette jamais vues sur Terre, puis qu'elle avait fait un concert impromptu, même sans rien connaître à la musique.

Et il y avait cette autre fois où elle avait lu quelque chose au sujet des hiboux et où elle s'était mise à penser qu'il serait amusant de pouvoir voler. Soudainement, ses pieds avaient quitté le sol, et ses cheveux s'étaient trans-formés en plumes brunes hirsutes. Et au beau milieu du cours de gym, par-dessus le marché ! Heureusement, elle était rede-venue comme avant presque immédiate-ment, et tout le monde avait présumé qu'elle avait simplement été touchée par un jet de magie qui flottait dans l'air et qui était sans doute descendu du mont Olympe ce jour-là.

À partir de ce moment, elle s'était assurée d'être en bonne compagnie lorsqu'elle faisait des choses comme ça. Mais certains des élèves de son école

l'appelaient toujours « cervelle d'oiseau »
à cause de cet épisode.

— J'en ai assez d'essayer de cacher
que je suis différente. Ce serait chouette
d'être comme les autres, pour faire changement, admit Athéna. J'aimerais seulement que tu puisses venir toi aussi.

Pallas fit non de la tête.

— Je ne serais pas à ma place, là où
tu t'en vas. Mais, hé ! peut-être pourrais-
je aller te rendre visite. Si ce n'est pas
contre les règles, je veux dire.

Athéna s'égaya.

— Ouais ! Je vais le demander à Zeus
en arrivant.

Pallas s'assit.

— Alors, c'est vrai, tu vas y aller ?

Un sourire se forma lentement sur le visage d'Athéna, et elle hocha la tête en s'assoyant sur ses talons.

— Comme tu l'as dit, qui ne voudrait pas être une déesse ?

Pallas sauta de son lit et fit un sourire à son amie.

— Viens, allons annoncer la nouvelle à mes parents et ensuite, je vais t'aider à faire tes valises.

Pendant que les parents de Pallas vérifiaient que la lettre de Zeus était authentique, Athéna commença à empaqueter ses affaires. Les deux filles passèrent le reste de la journée à s'activer, alors qu'Athéna se préparait à quitter la seule maison qu'elle n'eût jamais connue.

— Une valise entière remplie de rouleaux de papyrus ? la taquina Pallas. Ne crois-tu pas qu'ils aient une bibliothèque, à l'Académie ?

— Je ne laisse rien au hasard, répondit Athéna.

Précautionneusement, elle remplit une valise de rouleaux de textes écrits par ses auteurs grecs préférés, notamment Platon, Aristote et Ésope. Puis elle ajouta ses propres rouleaux de notes qui contenaient ses idées d'inventions et de tricot, de même que ses idées de projets de sciences et de maths.

À la fin de la soirée, elle avait empaqueté toute sa vie dans deux valises et un sac. Elle était épuisée, mentalement et physiquement, mais Pallas et elle restèrent éveillées la moitié de la nuit, discutant et rigolant, se demandant de quoi pouvaient bien avoir l'air Zeus et les autres dieux de l'Olympe.

— Je me demande bien quels dieux et quelles déesses fréquentent l'Académie, rêvassait Athéna avec excitation. Je me demande si je vais rencontrer des Amazones. Je me demande si je vais pouvoir monter Pégase.

— Promets-moi de m'en informer, si tu rencontres des dieux sympas comme Poséidon, dit Pallas. Je meurs d'envie de savoir s'il est aussi mignon dans la réalité que la sculpture que j'ai vue en Crète l'été dernier.

— J'en fais ma principale priorité, la taquina Athéna.

— J'espère qu'il n'est pas trop snobinard.

— Moi aussi, dit Athéna. J'espère qu'aucun des dieux et des déesses ne l'est.

Pallas sourit d'un air rêveur.

— J'ai vraiment hâte de dire à tout le monde à l'école demain que tu es une déesse !

Puis elle bâilla.

— Eh bien, bonne nuit, Athéna. Réveillons-nous tôt, demain matin, je vais te faire des crêpes « hiboux » avant que tu partes. Celles avec des oreilles et des yeux en myrtilles que tu aimais

lorsque nous étions petites, continua-
t-elle d'une voix qui s'atténuait à mesure
qu'elle parlait.

Une fois Pallas endormie, Athéna se
tourna et se retourna dans son lit jusqu'au lever du soleil, rêvant au mont
Olympe. Dans certains de ses rêves, elle
était la vedette de l'Académie, obtenant
les plus hauts honneurs. Dans d'autres,
des cauchemars, plutôt : Zeus lui lançait
des éclairs pour la punir de lui avoir fait
honte avec des notes médiocres.

Avant même qu'elle s'en rende
compte, le matin arriva, et elle serrait les
parents de Pallas dans ses bras pour leur
dire au revoir avant qu'ils ne partent travailler. Au moment où Pallas et elle

terminaient les crêpes qu'elles avaient faites pour leur petit déjeuner, on frappa à la porte. Hermès était là, portant des sandales ailées, un casque ailé et une toge qui lui descendait jusqu'aux genoux. Derrière lui, sur la pelouse, il y avait un magnifique char argenté qui contenait déjà des piles de paquets.

— Et où es-tu censée t'asseoir ? murmura Pallas derrière elle.

— Bonne question, murmura Athéna à son tour.

Et, curieusement, il n'y avait aucun cheval attelé au char.

— Hop ! Hop ! Nous sommes en retard.

Hermès repoussa certains des paquets pour lui faire de la place. Puis il précipita Athéna, son sac et ses deux valises à bord, comme si elle n'avait été qu'un paquet de plus à livrer. Et d'une certaine manière, elle imagina que c'était le cas.

Dès qu'elle fut installée, des ailes blanches puissantes sortirent des côtés du char.

— Mets ta ceinture! lui ordonna Hermès lorsque les ailes se mirent à battre.

Athéna attacha la ceinture et se retourna au moment où le char prit son envol.

— Bye! Tu vas me manquer, Pal! cria-t-elle par-dessus son épaule.

— Tu vas me manquer aussi! cria Pallas en lui envoyant la main. N'oublie pas de demander à Zeus pour la visite!

— Ouais! répondit Athéna en criant elle aussi.

Deux filles de leur cours de mathématiques, en chemin pour se rendre au lycée Triton, rejoignirent Pallas au même moment. Pallas montra le char du doigt, leur parlant avec excitation, probablement pour leur raconter toute l'histoire de la lettre de Zeus, imagina Athéna.

— Promets-moi de ne pas m'oublier! cria Athéna.

— Quoi? cria Pallas à son tour en mettant sa main autour de son oreille.

Alors qu'Hermès montait plus haut dans le ciel, l'ombre du char se profila sur une mer de nuages blancs chatoyants.

— J'ai dit : ne m'oublie pas ! essaya encore une fois Athéna.

Mais Pallas ne fit que secouer la tête, l'air perplexe. Malgré tout, Athéna continua de lui envoyer la main jusqu'à ce que les trois filles ne fussent plus que des points minuscules qui se rendaient à l'école le long de la rivière Triton au-dessous d'elle.

Athéna savait que, bien entendu, Pallas se ferait de nouvelles amies une fois qu'elle serait partie. Mais cette pensée ne lui apporta aucun réconfort. Elle ne voulait pas que Pallas rencontre une nouvelle meilleure amie ! La tristesse s'empara d'elle à cette pensée, et une larme coula sur sa joue. Elle s'empressa de l'essuyer ; elle ne voulait pas se montrer à sa nouvelle école avec les yeux rouges.

Soudain, le char fit une embardée, puis il se mit à vaciller. Les ailes de chaque côté se mirent à battre désespérément l'air alors que le char semblait perdre l'équilibre.

Athéna, les yeux agrandis par la peur, fut projetée de tous côtés dans son siège.

— Que se passe-t-il ?

Les muscles des bras d'Hermès saillissaient alors qu'il se débattait avec le levier de commande pour stabiliser les ailes. En maugréant, il donnait des coups de poing sur le tableau de bord.

Les coins des paquets heurtaient les bras et les jambes d'Athéna, qui s'agrippait pour avoir la vie sauve.

— Qu'est-ce qui ne va pas? demanda-t-elle.

— Nous sommes en surcharge. Il faut jeter du lest.

Hermès lui jeta un coup d'œil et, pendant un instant, elle craignit qu'il ne la jette, elle, hors du char. Mais il fit plutôt passer ses deux valises par-dessus bord.

— Attendez! Mes rouleaux de notes! protesta-t-elle.

Le cœur brisé, elle ne put que les regarder tomber. Ses idées d'inventions!

Ses journaux personnels! Toutes ses pensées et ses idées des 12 dernières années étaient consignées sur ces rouleaux. Maintenant, ils avaient disparu, avec la majorité de ses rouleaux de textes d'étude. Il ne lui restait plus qu'un seul sac, qui contenait certains de ses vêtements, une pelote de laine et des aiguilles avec le tricot qu'elle avait commencé, ainsi qu'une biographie de Pythagore qu'elle était en train de lire.

— Vous auriez au moins pu me demander lequel des sacs je voulais garder! protesta-t-elle.

Hermès ne répondit pas. Le vent soufflait alors si fort qu'elle n'était pas certaine qu'il l'avait entendue.

Au fil de leur voyage, Athéna put entrevoir des champs verdoyants, la mer bleue et les silhouettes des villes qui se profilaient sous eux. Mais tout cela s'atténuait à mesure que le char ailé volait de plus en plus haut.

Bientôt, ils se mirent à tourner en rond autour de la cime d'une montagne gigantesque.

— Prochain arrêt : l'Académie du mont Olympe, grommela Hermès.

Athéna se pencha en avant pour essayer de voir, ses longs cheveux flottant au vent derrière elle.

Dans un accès de vitesse, le char traversa un nuage cotonneux. Juste devant, sa nouvelle école apparut comme par magie. L'Académie, majestueuse, brillait au soleil sur la cime de la plus haute montagne de Grèce. Construite en pierre blanche polie, elle comportait cinq étages et était entourée de tous les côtés de douzaines de colonnes ioniques. Des frises en bas-relief étaient sculptées juste au-dessous du toit en crête.

«On dirait que j'ai échangé Pallas pour un palace», pensa Athéna.

En bas, dans la cour, des douzaines d'étudiants se dépêchaient. Chacun semblait devoir se rendre quelque part. Il s'agissait de jeunes dieux et de jeunes déesses, comprit-elle soudainement. Comme c'était étrange de penser qu'elle était l'une d'eux. Étaient-ils gentils ? L'aimeraient-ils ? Athéna agrippa son sac.

— Trop tard pour changer d'idée, maintenant, dit Hermès.

Comment avait-il deviné qu'elle avait des doutes ?

Il atterrit au haut des marches de granit qui menaient à l'école et la poussa hors du char. Puis, sans un mot de plus, il prit son envol, la laissant derrière avec son sac. Sans doute une autre livraison importante à faire.

Il l'avait déposée devant une énorme porte blanche, sur laquelle était inscrit en lettres taillées au ciseau le mot « BUREAU ». Il y avait une fontaine juste devant. Assoiffée après son voyage, Athéna se pencha pour boire une gorgée et découvrit rapidement qu'au lieu d'eau, une sorte de jus qu'elle n'avait jamais goûté auparavant sortait de la fontaine. C'était si délicieux qu'elle en but une deuxième gorgée.

Lorsqu'elle se redressa, elle remarqua que sa main paraissait bizarre, comme si elle avait été saupoudrée de brillants dorés. En la faisant bouger, elle vit que sa main scintillait au soleil. Tout comme son bras. Comme ses deux bras, en fait ! Et ses jambes aussi.

Sa peau avait commencé à chatoyer… tout comme celle d'une vraie déesse !

2

Première journée

La dame à 9 têtes derrière le comptoir de la réception fixait Athéna de ses 18 yeux.

— Tu dois être la nouvelle élève que Zeus m'a dit d'accueillir.

Ahurie, Athéna essayait de décider à quelle tête elle devait répondre : la verte à l'air grincheux, la moche orange, la violette impatiente ou…? Avant même qu'elle puisse répondre, les têtes se mirent toutes à parler en même temps.

— Athéna, c'est ça ? De la Terre ?

Athéna hocha la tête. Retrouvant enfin sa langue, elle dit qu'elle était là pour s'inscrire aux cours.

— Madame Hydre ? clama un groupe d'élèves bruyants qui était venu lui demander quelque chose.

Toutes les têtes sauf une se retournèrent pour leur répondre.

— Voilà, dit la tête orange à Athéna. Tu trouveras ton choix de cours, le code de ton casier et ton numéro de chambre dans cette pochette, poursuivit madame Hydre en la glissant vers elle sur le comptoir. Les cours ont lieu dans le bâtiment principal, étages un à trois. Les dortoirs sont en haut, les filles au quatrième et les garçons au cinquième. Des questions ?

— Hum…

Athéna avait la tête qui tournait juste à essayer de se souvenir de tout ça. Elle tira de l'enveloppe la liste des cours. Qu'était-il arrivé à la philosophie, à la rhétorique et aux mathématiques ? se demanda-t-elle. Elle vit plutôt une liste de cours dont elle n'avait jamais entendu parler là-bas, au lycée Triton. Elle cocha cinq choix : héros-ologie, sortilèges-ologie, vengeance-ologie, bêtes-ologie, et beautéologie. Elle voulait en apprendre le plus possible, et le plus rapidement possible.

Madame Hydre paraissait un peu inquiète en lui tendant les cinq rouleaux de textes d'étude, une couleur différente pour chaque cours.

— *Cinq* cours? C'est beaucoup pour ton premier trimestre ici. Es-tu bien certaine?

La dame ne savait visiblement pas à qui elle avait affaire. Tout le monde à Triton savait qu'Athéna était une prodige. Pourtant, si elle avait eu le temps de réfléchir à deux fois, elle aurait peut-être laissé tomber un cours. Mais une cloche-lyre retentit dans la salle derrière elle, et elle craignit d'être en retard.

— Oui, oui, certaine.

Jonglant avec tous les renseigne-
ments qu'elle avait reçus, elle se précipita hors du bureau.

— Attends! N'oublie pas ceci, dit
madame Hydre en lui lançant un dernier
rouleau. Il était rose pâle et fermé par un
ruban argenté scintillant. Les mots
Manuel de l'apprentie déesse étaient écrits
sur l'extérieur du papyrus en lettres de
fantaisie roses.

— Merci, lui cria Athéna.

Le cadran solaire dans la cour inté-
rieure indiquait qu'il ne lui restait que
10 minutes pour trouver son casier et se
rendre à son premier cours. En se dépê-
chant, elle tournait la tête de tous les
côtés, prenant note de tout ce qu'elle

pourrait raconter à Pallas dans la lettre qu'elle lui écrirait plus tard.

Les installations de l'Académie étaient si magnifiques ! Il y avait des sols en carreaux de marbre brillant et des fontaines dorées. Et le plafond en dôme était couvert de fresques illustrant les superbes exploits des dieux et des déesses. L'une d'elles représentait Zeus combattant des géants portant torches et lances qui assaillaient le mont Olympe. Une autre le montrait conduisant dans le ciel un char tiré par quatre chevaux blancs tout en envoyant des éclairs dans les nuages. C'était son père qui se tenait là ! Soudain, Athéna fut assaillie par la tristesse. Pallas adorerait tout ça ! Si seulement elle pouvait être là pour tout voir en même temps qu'elle.

D'autres élèves dépassèrent Athéna en trombe pour entrer en classe. Elle regarda avec ahurissement un étudiant qui avait une queue écaillée et des cornes, en fixa un autre tout visqueux avec des pieds palmés et se frotta les yeux d'incrédulité en en voyant encore un autre, qui était mi-humain, mi-cheval.

Trois filles en particulier attirèrent son attention. Même parmi tous ces autres êtres immortels étonnants, ces filles se démarquaient. L'une d'entre elles était extraordinairement belle, arborant une longue chevelure dorée et chatoyante. La deuxième, qui avait les cheveux courts et noirs, déambulait avec confiance, un carquois rempli de flèches accroché sur le dos et un arc à l'épaule. La troisième était pâle et délicate, avec des cheveux roux bouclés. Elles avaient toutes les trois des silhouettes gracieuses et étaient vêtues de tuniques amples appelées chitons, une mode qui faisait rage en Grèce. Et leur peau luisait légèrement, tout comme la sienne.

Les têtes se tournaient sur leur passage à mesure qu'elles avançaient dans le hall. Comme Athéna les regardait bouche bée elle aussi, elle vit qu'elles portaient toutes les trois des colliers en or identiques avec une breloque formant les lettres ADS entrelacées.

— Hé! les apprenties déesses! leur cria quelqu'un en leur envoyant la main.

C'était donc à ça que correspondaient les lettres ADS!

En haut des marches, Athéna remarqua trois autres filles, dont la peau avait la couleur des feuilles au printemps, qui avaient de longs cheveux d'un vert si profond qu'ils semblaient noirs. Elle regarda leur visage et fut interloquée. C'étaient des triplettes! En tous points identiques sauf en une chose : seules deux d'entre elles avaient la peau chatoyante.

En les dévisageant, elle se rendit compte qu'elles aussi la dévisageaient.

— Salut, dit-elle en souriant.

Mais le trio tourna la tête d'un seul mouvement. Elle essaya très fort de ne pas se sentir blessée. Si ces filles étaient hautaines, cela ne signifiait pas pour autant que tout le monde serait comme elles, se dit-elle. Après tout, elle ne pouvait s'attendre à se faire des tas d'amis dès le premier jour.

Soudain, un garçon devant elle déploya des ailes géantes, ce qui la surprit au point de laisser tomber plusieurs de ses rouleaux. Un professeur qui passait par là attrapa le garçon par l'une de ses oreilles pointues.

— Pas de métamorphose dans les couloirs. Tu viens d'attraper un point d'inaptitude, jeune dieu.

Athéna s'agenouilla pour ramasser ses affaires. Tout ici était si différent de ce qui se passait là-bas à la maison. C'était fascinant, mais aussi un peu effrayant. À Triton, elle avait essayé très fort d'être comme les autres enfants, mais elle s'était toujours sentie différente. Peut-être qu'ici, où tout le monde était un peu bizarre, réussirait-elle à être elle-même?

— Hé, tu es nouvelle? demanda une voix. D'où viens-tu?

En se relevant, Athéna regarda avec surprise la fille qui venait de lui adresser la parole. Ses cheveux étaient striés de mèches bleues et dorées, et sa frange, en forme de point d'interrogation, était collée sur son front. Sa peau ne chatoyait pas. Était-elle une mortelle? Est-ce que ce serait impoli de le lui demander?

— Comment t'appelles-tu? demanda la fille, malgré le fait qu'Athéna n'avait pas encore répondu à ses deux premières questions.

Accompagnant Athéna dans le couloir, l'étrangère était un vrai moulin à paroles. Elle semblait poser toutes les questions qui se présentaient à son esprit.

Apercevant son casier, Athéna s'arrêta et l'ouvrit. Lorsque la fille fit une pause pour reprendre son souffle, Athéna lança :

— Je m'appelle Athéna. Et toi, comment...

Mais avant même qu'elle puisse ter-
miner, la fille lui envoya encore des
questions.

— Athéna, hein? Alors, quand es-tu
arrivée ici? Ce matin? Quels cours
suis-tu?

Athéna abandonna l'idée de pouvoir
placer un mot et mit le plus de choses
possible dans son casier.

— Alors, qui as-tu à la première
période? continua la fille. Est-ce que
c'est…

— Salut, Pandore, dit une autre voix.

Athéna se retourna. C'était l'une des
trois magnifiques déesses qu'elle avait
remarquées plus tôt; celle aux cheveux
d'or portant un collier avec la breloque

ADS. Ses longues tresses luisantes étaient entrelacées de rubans et retenues par des barrettes en forme de coquillage qui étaient assorties à ses yeux bleus pétillants et à la ceinture qu'elle portait à la taille de son chiton blanc. De près, c'était une beauté à couper le souffle, comme aucune autre que n'ait jamais vue Athéna, même dans la revue *Adozine*.

— Quoi de neuf, Aphrodite ? demanda Pandore, en lui souriant. Ouah ! Où as-tu trouvé cette magnifique ceinture ?

Avant que la séduisante jeune déesse puisse placer un seul mot, Pandore se retourna pour regarder passer un jeune dieu.

Splouch, splouch, splouch.

Ses pieds faisaient des bruits de succion, et il laissait des empreintes humides derrière lui. Il tenait à la main une lance à trois dents. Avec sa peau et ses yeux turquoise, c'était le plus beau jeune dieu qu'avait vu Athéna jusque-là. Et il ressemblait en tous points à la statue que Pallas et elle avaient vue en Crète. Celle de...

— Poséidon! Hé, où as-tu eu cette fourche super? vociféra Pandore en le suivant.

— Ça s'appelle un «trident», l'informa-t-il.

Athéna les suivit du regard.

— Est-ce que Pandore est mortelle? demanda-t-elle.

— Es-tu nouvelle ici? demanda Aphrodite en même temps.

Les deux se mirent à rire.

— J'imagine que la curiosité de Pandore est contagieuse, dit Aphrodite.

Elle changea de côté les rouleaux qu'elle portait sur la hanche.

— Je commence, poursuivit-elle. Oui, Pandore est une mortelle. On peut le savoir à sa peau, qui ne chatoie pas comme la nôtre. À toi, maintenant.

Athéna lui sourit. Aphrodite n'était pas seulement magnifique, elle était aussi gentille.

— Je suis Athéna, dit-elle. Et, oui, je suis nouvelle. J'ai posé la question au sujet de Pandore parce que je me demandais si les mortels avaient le droit de venir à l'école ici. J'ai une amie sur Terre qui est mortelle et j'ai pensé que peut-être elle pourrait…

Aphrodite secoua la tête, devinant sans doute ce qui allait suivre.

— Pandore n'est pas n'importe quelle mortelle. Les dieux ont pris grand soin d'elle lorsqu'ils l'ont créée, lui transférant des dons bien spéciaux.

— La curiosité ? devina Athéna.

— Ça et d'autres choses aussi, dit Aphrodite.

— Mais est-ce que d'autres mortels viennent à l'école ici ? J'ai vu trois filles un peu plus tôt, dit Athéna. Des triplettes à la peau verte. Et la peau de l'une d'elles ne chatoyait pas.

— Méduse, dit Aphrodite en hochant la tête. Ses deux sœurs sont des déesses, mais pas elle. Seuls quelques-uns des mortels particuliers invités par Zeus ont la chance de fréquenter l'Académie avec nous. De nouveaux élèves, tant des mortels que des immortels, vont et viennent chaque trimestre selon son bon vouloir. Tu dois être bien spéciale pour qu'il t'ait invitée.

Spéciale ? Elle espérait sincèrement l'être, car il semblait que Zeus puisse décider de la renvoyer à la maison si elle n'était pas à la hauteur, comprit soudain Athéna avec effarement. Imaginez un peu, son propre père la renvoyant de l'Académie du mont Olympe. Ce serait si gênant, sans parler de la terrible désillusion qui suivrait.

À ce moment-là, un héraut apparut à un balcon au bout du couloir.

— Le premier cours de l'année scolaire commence maintenant! annonça-t-il d'une voix forte et importante. Il frappa ensuite la cloche-lyre avec un petit maillet.

Ping! Ping! Ping!

— Oh non! Nous sommes en retard! s'exclama Athéna. Elle attrapa son rouleau pour le premier cours et l'enfonça dans son sac. Hissant la courroie du sac sur son épaule, elle referma son casier brusquement.

— T'en fais pas, dit Aphrodite calmement. Les profs sont toujours un peu plus indulgents le premier jour. Alors, quel cours as-tu ?

— Héros-ologie, dans la classe 208, dit Athéna.

Elle avait déjà mémorisé son horaire de cours et les numéros de salle correspondants.

Aphrodite sourit, ce qui la rendait encore plus éblouissante.

— Moi aussi. Allons-y.

3

Héros-ologie

À l'intérieur de la classe, il ne restait plus que deux places libres, de part et d'autre de l'allée. Aphrodite et Athéna s'y installèrent. Assise directement derrière Athéna se trouvait l'une des triplettes qu'elle avait vues le matin dans la cour. Celle qui ne brillait pas, Méduse. Elle était en train de se faire les ongles, en vert eux aussi, sur ses genoux afin que le professeur ne la voie pas.

Après avoir déposé son rouleau d'héros-ologie sur son bureau, Athéna déposa son sac au sol, qui fit un bruit sec.

— Par tous les Enfers, qu'y a-t-il dans ce sac ? marmonna Méduse.

Mais Athéna ne répondit pas. Elle était trop occupée à lorgner du côté du professeur qui se tenait à l'avant de la classe. Il était chauve, avait de grands pieds chaussés de sandales et un seul œil immense au milieu du front. Il tenait à l'envers, comme un bol, un gros casque de soldat en bronze.

— Bonjour, tout le monde, commença-t-il. Je suis monsieur Cyclope, et je vais enseigner héros-ologie 101.

Il secoua le casque, qui émit un bruit de ferraille. Puis il l'inclina et leur montra qu'il était rempli de statuettes peintes. Chacune représentait un personnage d'environ 10 centimètres de haut, avec une petite carte attachée au cou par une ficelle.

— J'ai déposé des figurines de vos héros dans ce casque, dit monsieur Cyclope. Sans regarder, veuillez en piger une, puis passer le casque à la personne qui se trouve derrière vous. Au cours du trimestre, vous devrez guider le héros que vous aurez pigé dans un périple que vous lui ferez faire. Commençons par toi, Dionysos.

Il tendit le casque à un garçon qui avait de petites cornes sur la tête et qui était assis à l'avant de la première rangée de pupitres. Après avoir pris une figurine, le garçon passa le casque à Poséidon, assis derrière lui.

— Si on n'aime pas le héros qu'on a pigé, est-ce qu'on peut l'échanger? demanda Méduse.

Monsieur Cyclope plissa son gros œil dans sa direction, et son unique sourcil se fronça avec irritation.

— Pas d'échanges. Maintenant, dit-il en s'adressant à la classe, vous serez notés sur trois habiletés, dans mon cours : manipulations, désastres et sauvetages rapides. D'autres questions ?

Athéna leva la main.

— Est-ce que vous voulez dire que ces figurines de héros représentent de vraies personnes ? Et que notre tâche consiste à leur faire faire des choses en bas, sur Terre ?

— Oui, c'est ça, dit monsieur Cyclope avec impatience.

— Et comment on fait ça, exactement ? demanda Athéna.

Chacun inspira si fort de surprise qu'on aurait dit que tout l'air avait été aspiré hors de la pièce.

— Es-tu sérieuse ? chuchota Méduse. Nous avons appris les manipulations de base sur les mortels en première année !

Monsieur Cyclope cligna de son œil unique à l'intention d'Athéna.

— Tu es sûrement la nouvelle élève. Tu vas devoir faire du rattrapage.

Athéna s'enfonça encore un peu plus dans sa chaise. Elle avait toujours eu les meilleures notes là-bas, sur Terre. Maintenant, pour la première fois de sa vie, elle se sentait idiote.

— J'ai pigé Pâris, un prince de la ville de Troie. Qui as-tu ? demanda Aphrodite à Athéna une fois qu'elles eurent toutes les deux pigé dans le casque.

— Un type grec nommé Ulysse, dit Athéna en lisant la carte attachée au cou de son héros.

— Oh, qu'est-ce qu'il est mignon, dit Aphrodite en se penchant dans l'allée pour regarder la statuette.

Athéna fixait le mortel musclé et bronzé qu'elle tenait à la main. Il portait des sandales dorées lacées jusqu'aux mollets ainsi qu'une toge blanche, et il y avait de la témérité dans ses yeux.

— J'imagine, dit-elle. Je me demande dans quel périple je vais l'envoyer.

— Moi, je crois que je vais faire en sorte que Pâris tombe amoureux de quelqu'un, dit Aphrodite en dessinant un cœur à la place du point sur le i du nom de Pâris.

— Tomber amoureux n'est pas un périple, railla Méduse.

— Je ne te parlais pas, dit Aphrodite sèchement.

— Désolée, Bubulles, ricana Méduse. Mon erreur.

Aphrodite la foudroya du regard.

— Pourquoi t'a-t-elle appelée comme ça ? demanda Athéna.

Aphrodite haussa les épaules.

— Tu ne savais pas ? intervint Méduse. Elle est née dans l'écume de mer.

— Et elle me le rappelle dès qu'elle en a la chance, dit Aphrodite.

— Et qu'y a-t-il de mal à être né dans l'écume de mer ? C'est magnifique, dit Athéna.

— Tu crois ? demanda Aphrodite réconfortée.

Athéna hocha la tête, les yeux écarquillés de surprise. Comment une personne si incroyablement belle pouvait-elle douter de l'être, ne serait-ce que pendant une fraction de seconde ?

Méduse commençait à dire autre chose, probablement quelque chose de blessant, juste au moment où le héraut de l'école apparut dans l'embrasure de la porte. D'une voix claire qui capta l'attention de tous, il annonça :

— Athéna, fille préférée de tous les temps et pour toujours du directeur Zeus, veuillez s'il vous plaît vous présenter au bureau.

Toute la classe se retourna pour regarder Athéna, qui rougit de gêne. Fille préférée ? Est-ce que son père voulait plaisanter ? Il la connaissait à peine.

— Chouchou du directeur, chantonna Méduse à voix basse pour que le professeur ne l'entende pas.

— Il semble de bonne humeur, en tout cas, dit Aphrodite à Athéna en lui faisant un sourire encourageant.

Que voulait-elle dire ? Est-ce que Zeus était généralement un vieux grincheux ? Au moins, cette fois, il avait utilisé le mot « s'il vous plaît » au lieu de lui ordonner de venir. C'était certainement bon signe, n'est-ce pas ?

En se levant, Athéna s'accrocha dans son sac. Il s'ouvrit, et quelque chose roula sur le sol de marbre poli. Plusieurs têtes s'étirèrent pour voir de quoi il s'agissait, puis il y eut des ricanements.

Pardieu ! C'était Woody, son cheval de bois à roulettes ! Que faisait-il là ? Pallas l'avait-elle mis dans son sac dans l'intention qu'il lui rappelle la maison ?

Les joues en feu, Athéna attrapa le cheval par les rênes à rayures blanches et rouges. La petite trappe, située dans son flanc, où elle avait l'habitude de cacher ses trésors secrets comme les plumes d'oiseau et les cailloux tachetés, s'ouvrit. Elle la referma et remit le jouet dans son sac. Puis elle remarqua un petit miroir en forme de bouclier qui était aussi tombé. Pallas et elle en avaient chacune reçu un lorsqu'elles étaient allées à la grande ouverture du marché aux boucliers de Persée, l'année précédente.

En le prenant sur le sol, Athéna vit le sourire sardonique de Méduse réfléchi sur la surface d'argent du miroir. «Je ne t'aime pas, et tu n'as pas affaire ici», semblait dire l'expression de son visage.

Athéna déglutit. Ce n'était que le premier cours, et déjà, elle semblait s'être fait une ennemie. Peut-être avait-elle conclu trop rapidement qu'elle allait s'intégrer, ici, sur le mont Olympe, mieux qu'elle ne l'avait fait sur Terre.

4

Ce cher vieux papa

Athéna faisait du surplace dans l'embrasure de la porte du bureau de Zeus. Sa grosse tête, avec ses cheveux roux en bataille et sa barbe bouclée, était penchée sur son bureau alors qu'il sculptait une figurine dans un gros bloc de calcaire.

Tchick, tchick, tchick !

— Eh bien! Ne reste pas plantée là! mugit-il en la remarquant enfin.

Athéna fit quelques pas dans la pièce, puis s'arrêta. Elle ne pouvait pas avancer plus loin, car un gros classeur à documents lui bloquait le chemin. On aurait dit qu'une tornade était passée par le bureau de son «cher vieux papa». Des dossiers, des rouleaux de papyrus, des cartes, des jeux de société et des bouteilles à moitié vides d'un liquide appelé «Jus de Zeus» étaient éparpillés un peu partout. Des projets artistiques inachevés, sculptés dans la pierre, des plantes entortillées et une variété de chaises avec de grosses marques de roussi sur les coussins étaient disposés n'importe comment dans la pièce.

Zeus sortit de derrière son bureau, et Athéna le regarda avec ébahissement. Il faisait plus de deux mètres de hauteur, avait des muscles saillants et des yeux bleus perçants. Une bande d'or encerclait chacun de ses poignets. Elle ne put s'empêcher de frissonner lorsqu'elle remarqua sa boucle de ceinture en forme d'éclair.

Il souleva le classeur pour la laisser passer, comme s'il s'agissait d'un simple tabouret. Puis il lui fit signe de venir s'asseoir dans la chaise en face de son bureau.

— Ici! Assise! tonna-t-il

Ici? Assise? Est-ce qu'il la prenait pour son petit toutou de compagnie?

Mais, lorgnant la boucle de ceinture, Athéna s'assit.

Maintenant qu'elle était plus près, elle voyait que la statuette qu'il était en train de sculpter était en réalité une sorte de trophée. Et c'était le trophée le plus laid qu'elle n'eut jamais vu. C'était probablement censé être un aigle, ou peut-être un vautour ou un pélican, qui tenait des éclairs dans son bec. Mais il était si mal sculpté qu'il était impossible de le savoir avec certitude. Bien que le trophée ne fût pas encore terminé, il avait déjà gravé quelques mots sur le devant du bloc de pierre sur lequel se tenait l'oiseau :

«PRIX DU GRAND

GAGNANT DE»

Zeus s'assit dans l'énorme trône doré derrière son bureau. Se penchant en avant, il poussa le trophée de côté et joignit les mains sur le bureau.

— Maintenant, que puis-je faire pour toi? demanda-t-il.

— Hum, dit Athéna, se sentant perplexe. C'est vous qui m'avez demandé de venir, vous vous rappelez?

— Hein?

— Je suis Athéna.

— Athéna?

— Vous savez... votre f-fille?

Le visage de Zeus s'illumina comme si la foudre l'avait frappé.

— Athéna! Ma fille préférée dans tout l'univers. Bienvenue!

Il se pencha au-dessus du bureau, l'attrapa et la prit dans ses bras si fort qu'elle en eut le souffle coupé. Une décharge électrique sortant du bout de ses doigts la transperça.

— Aïe! glapit-elle.

Soudain, un air bizarre se peignit sur les traits de Zeus. Il la reposa et se frappa le côté de la tête de la paume massive de la main. De minuscules éclairs sortirent d'entre ses doigts dans toutes les directions, laissant de petits trous fumants dans une chaise, sur le mur et sur une bouteille de jus de Zeus.

— Arrête ça ! grogna-t-il.

— Arrête quoi ? demanda Athéna en attrapant les bras de sa chaise avec nervosité.

— Je vais lui dire tout de suite, Métis, dit-il. Comme tu peux me prendre la tête, parfois !

— Mais à qui parlez-vous ? demanda Athéna en regardant tout autour pour voir s'il y avait quelqu'un d'autre dans la pièce.

— À ta mère, lui dit Zeus. En passant, elle veut que je te souhaite bonne chance pour ta première journée.

Le cœur d'Athéna s'emballa dans sa poitrine. Bien sûr, elle avait une mère ! N'était-ce pas le cas pour tout le monde ? Mais elle croyait que sa mère était morte, puisque Zeus n'en avait pas parlé dans sa lettre. Elle n'avait jamais imaginé trouver ses deux parents sur le mont Olympe.

— Où est-elle ? demanda Athéna en balayant la pièce du regard avec espoir.

— Là-dedans, dit Zeus en se frappant le front du bout du doigt.

— Oh, dit Athéna, la déception cédant le pas à l'espoir. J'imagine que vous voulez dire qu'elle est toujours vivante dans vos souvenirs. Ou quelque chose comme ça.

— Absurde, dit Zeus. Je veux dire qu'elle est réellement à l'intérieur de mon crâne. C'est une mouche, tu sais.

— Une mouche? répéta Athéna faiblement, certaine qu'elle avait mal entendu. Un insecte à pattes velues, à deux ailes et aux yeux à facettes de l'ordre des Diptères? poursuivit-elle.

— Exactement ça! Et elle passe son temps à me chercher des poux à propos de tout et de rien.

Zeus se rassit dans son fauteuil, posant ses pieds chaussés de sandales dorées sur le bureau.

— Mais elle est toujours une déesse et elle t'aime, poursuivit-il. Dans la mesure où les insectes peuvent aimer, à tout le moins.

Athéna le fixait simplement, bouche bée. C'était trop bizarre! C'était encore plus abracadabrant qu'être devenue une déesse!

— Tu devrais fermer la bouche, sinon tu vas attraper des mouches, dit Zeus en s'esclaffant de sa propre plaisanterie et en se tapant les cuisses.

— Mais comment peut-elle vraiment vivre à l'intérieur de votre... hum..., bafouilla Athéna en faisant un geste vers son front.

Elle avait besoin d'en savoir plus, mais elle ne savait pas trop par où commencer. Se faire à l'idée d'avoir une mouche pour mère n'allait pas être facile.

Zeus ne semblait pas se rendre compte de son désarroi.

— Eh bien! Athé, continua-t-il, maintenant que nous nous sommes donné la peine de te faire venir à l'Académie du mont Olympe, j'espère que tu vas me rendre fier de toi. Le travail scolaire ici est plus difficile que ce à quoi tu es habituée. Tu crois que tu vas pouvoir y arriver?

Abandonnant toute tentative de digérer la révélation au sujet de sa mère pour l'instant, Athéna se redressa sur sa chaise, tentant de se donner de l'assurance.

— Bien sûr.

— Ça, c'est ma petite déesse! beugla Zeus avec enthousiasme.

Athéna se massa les tempes. Elle commençait à avoir mal à la tête juste à l'écouter. Elle n'avait jamais rencontré personne qui parlât plus fort que lui.

Au même moment, une autre jeune déesse passa la tête dans l'entrebâillement de la porte.

— Toc, toc, dit-elle.

— Qui est là? répondit Zeus en grimaçant comme s'il s'attendait qu'elle poursuive en lui racontant une blague.

— Je suis Pheme, du cours de monsieur Cyclope. Il m'a envoyé voir si vous avez terminé avec Athéna. Je dois la ramener dans le cours d'héros-ologie.

Les mots qu'elle prononçait sortaient de ses lèvres en petits nuages de fumée. Fascinant !

Zeus hocha la tête.

— Oui, oui. Je crois qu'on a terminé, n'est-ce pas, Athé ?

— Eh bien…

Athéna avait envisagé de lui demander si Pallas pourrait venir lui rendre visite. Et désormais, elle avait aussi des milliers de questions au sujet de sa mère.

Mais avant même qu'elle puisse prononcer un seul mot, Zeus se leva d'un bond et rugit.

— Excellent! Maintenant, fais bien attention à ce que je t'ai dit; va-t'en là-bas et apprends!

Et il donna un coup de poing dans le vide, comme pour l'encourager.

Interloquée, Athéna se précipita en bas de sa chaise.

— D'ac...cord.

Suivant Pheme pour sortir du bureau de Zeus, elle vit qu'il prenait son ciseau et qu'il recommençait à sculpter son trophée, comme s'il l'avait déjà oubliée.

Tchick, tchick, tchick!

— Alors, qu'est-ce que tu penses de lui? demanda Pheme une fois qu'elles furent dans le couloir.

Hypnotisée par les nuages en forme de mots qui sortaient de la bouche de Pheme, Athéna répondit distraitement.

— Il n'est pas comme je l'avais imaginé, ça c'est sûr.

— Donc tu crois qu'il est un peu fêlé du ciboulot? pouffa Pheme.

— Non, ce n'est pas ce que je voulais dire, dit Athéna.

— Alors, tu crois que c'est un crâneur?

— Mais non!

Cette fille déformait ses paroles. Elle poursuivit:

— Il semble simplement avoir beaucoup de choses à penser, des trucs de directeur de l'école et roi des dieux, et tout ça.

— Et en tant que ton père, aussi, ajouta Pheme narquoisement.

Soudainement, Athéna se demanda ce que Pheme avait entendu de sa conversation avec Zeus.

— Ouais. Euh… Est-ce que tu m'as attendue très longtemps devant la porte de son bureau ?

Les yeux de Pheme évitèrent les siens, puis elle se mit à jouer avec ses cheveux courts et orange, coiffés en mèches pointues.

Athéna soupira.

— Assez longtemps pour entendre ce qu'il a dit sur ma mère ?

La fille hocha la tête, en faisant un sourire grimaçant.

— Ouais. Mais ne t'en fais pas, ton secret sera bien gardé.

Elle appuya son pouce et son index réunis au coin de ses lèvres peintes en orange et fit un petit mouvement de torsion, comme si elle tournait une clé pour les verrouiller.

Athéna lui sourit.

— Merci. Je t'en suis reconnaissante.

La cloche-lyre sonnant la fin de la période retentit au moment où elles arrivaient dans la classe de monsieur Cyclope.

— À plus tard, dit Pheme. Je dois aller voir des amies.

Sur ce, elle courut vers plusieurs déesses au fond de la classe… un petit groupe qui comprenait Méduse.

Comme Athéna ramassait ses rouleaux et son sac pour aller au cours de la deuxième période, elle vit les filles qui chuchotaient, têtes rapprochées. Levant la tête, Méduse ricana.

— De quoi Pheme est-elle la déesse ? demanda Athéna quand elle eut rattrapé Aphrodite à la sortie de la classe.

Aphrodite plissa le nez.

— Des rumeurs.

Athéna déglutit. Ça ne sentait pas bon du tout ! Si les autres élèves ne savaient pas déjà que sa mère était une mouche, il ne leur faudrait pas beaucoup de temps pour l'apprendre ! Les choses pouvaient-elles aller encore plus mal ?

— J'ai mon cours préféré ensuite : beautéologie ! lui dit Aphrodite en sortant dans le couloir. Et toi ?

— Bêtes-ologie, dit Athéna.

— Fais attention, j'ai entendu dire que le prof est un parfait monstre ! plaisanta un jeune dieu en passant à côté d'elles.

Splouch, splouch.

C'était Poséidon.

Athéna se mit à rire, et il lui sourit par-dessus son épaule.

Pour une raison ou une autre, Aphrodite parut étonnée qu'il leur ait porté attention.

— Poséidon est l'un des jeunes dieux les plus populaires de l'école, murmura-t-elle à l'oreille d'Athéna.

Ralentissant, Poséidon se retourna pour continuer à marcher avec elles.

— Moi aussi, j'ai le cours de bêtes-ologie, dit-il à Athéna. Veux-tu que je te montre le chemin ?

— Bien sûr, merci, dit Athéna.

Toujours ébahie, Aphrodite lui fit un petit signe de la main.

— J'y vais. Le cours de beautéologie est de l'autre côté, alors je te vois plus tard.

— D'ac, dit Athéna.

Lorsque Poséidon se retourna pour lui montrer leur prochaine classe, il se cogna contre Méduse.

— Oh, désolé.

— Y'a pas de quoi, dit Méduse d'une voix douce et gentille.

Surprise du changement, Athéna la regarda de plus près. Méduse fixait Poséidon avec une expression rêveuse et amoureuse. Il réagit en lui renvoyant un sourire blanc étincelant. Quel dragueur !

Mais Athéna oublia Méduse lorsque Poséidon et elle arrivèrent dans leur classe suivante et croisèrent le professeur sur le seuil de la porte.

— Bienvenue dans le cours de bêtes-ologie. Je sssuis monsssieur Ladon, leur dit-il.

Des flammes sortaient de ses lèvres à chaque mot qu'il prononçait. Quelques scories retombèrent pour atterrir sur les rouleaux d'Athéna.

Tapotant le papyrus de la main pour empêcher qu'il ne prenne feu, Athéna réussit à se présenter à son tour.

— Monsieur Ladon a la pire haleine de dragon de tous les professeurs de l'école, plaisanta Poséidon pendant qu'elle choisissait une place.

En souriant, il prit place au pupitre juste derrière le sien. Immédiatement se forma un attroupement composé de jeunes déesses qui se précipitèrent sur les sièges vides autour de lui, chacune faisant des pieds et des mains pour attirer son attention.

Athéna ne pouvait s'empêcher de sourire intérieurement. Toutes les filles de l'Académie craquaient-elles pour lui ? Pallas serait heureuse de savoir qu'il était aussi mignon qu'elle l'avait espéré, mais elle n'aimerait certainement pas savoir à quel point il était dragueur. Au moins, il n'était pas prétentieux.

5

Ignambroisie

Après le cours de bêtes-ologie, c'était l'heure du déjeuner. À la cafétéria, une dame munie de huit bras comme une pieuvre servait les étudiants qui faisaient la queue, prenant la nourriture dans de grands bols de terre cuite orange décorés de silhouettes noires représentant des personnages. Athéna ne reconnut aucun des mets qu'on lui présentait et elle ne savait pas quoi choisir. Qu'est-ce que c'était, de l'ignambroisie? Ou du nectaroni? Ou encore du ragoût du Styx?

La grande salade céleste ne semblait pas trop bizarre. C'est ce qu'elle choisit, et pour boire, elle prit une boîte de nectar. Et enfin, elle attrapa un gros biscuit dans une corbeille qui en était remplie.

Athéna apporta son plateau vers les tables. Comme elle ne voyait pas Aphrodite, elle se dirigea vers une place libre à la table suivante.

— N'entends-tu pas un bourdonnement, Sthéno? demanda une voix désagréable alors qu'elle s'assoyait.

Oh non! Elle avait choisi la table où étaient assises Méduse et ses deux sœurs! Athéna décida de les ignorer, en espérant que c'est ce qu'elles feraient elles aussi.

Pas de chance!

L'une des sœurs de Méduse pencha la tête, faisant mine d'écouter quelque chose.

— On dirait un moustique, ne crois-tu pas, Euryale?

— Non, plutôt une abeille, répondit sa sœur Sthéno.

— Ou... je sais... une mouche! dit Méduse.

Pheme avait dû raconter à tout le monde ce qu'elle avait entendu dans le bureau de Zeus!

— Charmant, marmonna Athéna. Très charmant. Je me demande si on parle d'intimidation dans le *Manuel de l'apprentie déesse* ?

Posément, elle sortit le rouleau rose de son sac.

Grimaçant méchamment, Méduse se leva avec son plateau.

— Venez, Sthéno et Euryale. Allons à une autre table. Je ne sais pas pourquoi, mais celle-ci me donne mal à la tête.

— Peut-être as-tu avalé la mère d'Athéna, dit Sthéno.

Rigolant comme s'il s'agissait de la blague la plus drôle qu'elles n'aient jamais entendue, les trois filles s'en allèrent vers une autre table.

Espérant que personne n'aurait remarqué qu'on l'avait abandonnée d'une manière si grossière, Athéna mit le rouleau rose de côté et termina sa salade. Puis elle ouvrit le manuel pour y jeter un coup d'œil. Une délicieuse odeur parfumée en sortit alors qu'elle déroulait le papyrus rose.

Le premier chapitre lui en apprit beaucoup sur les dieux et les déesses. On y disait que les mères déesses et les pères dieux étaient très occupés et qu'ils oubliaient parfois de s'occuper de leurs enfants pendant plusieurs années de suite. Eh bien, cela expliquait pourquoi Zeus ne l'avait pas fait venir avant.

Athéna glissa un doigt le long du papyrus. «Les dieux et les déesses demeurent immortels en se nourrissant d'une substance divine appelée ambroisie et en sirotant du nectar», y lut-elle. Alors, c'était ça qui coulait des fontaines du mont Olympe!

Elle continua à lire, mais même si elle continuait à dérouler le mince rouleau, celui-ci ne semblait pas avoir de fin. C'était une forme de magie, se rendait-elle compte, qui permettait à une grande quantité d'information de tenir dans un petit rouleau de papyrus. Elle lisait en diagonale, remarquant que l'on trouvait aussi dans le manuel une liste des règles de l'école, notamment l'interdiction d'intimider les autres élèves, un code vestimentaire et les manières de tourmenter les mortels. Elle allait adorer apprendre à faire ça. Mais bien entendu, jamais elle ne tourmenterait des mortels aussi gentils que Pallas.

En soupirant, elle souhaita que Pallas fût là au même moment. Elle aurait alors quelqu'un de gentil à qui parler. Mettant de côté le rouleau rose, Athéna sortit de son sac une pelote de laine jaune. Tricoter la détendait, et cela l'aiderait à cacher le fait qu'elle était une perdante sans amies. Le léger cliquetis des aiguilles la réconfortait.

La période du déjeuner tirant à sa fin, elle se rappela le biscuit. Le retrouvant sous le rouleau rose, elle en retira l'emballage et en prit une bouchée.

Instantanément, une petite voix théâtrale annonça :

— Tu deviendras célèbre.

— Quoi ?

Athéna regarda tout autour, les yeux écarquillés. Il n'y avait personne à proximité.

— Qui a dit ça ? demanda-t-elle.

Mais personne ne répondit.

Elle prit une autre bouchée.

— Tu deviendras célèbre, répéta la petite voix.

Cela venait du biscuit !

Athéna le laissa tomber sur la table, en le regardant avec méfiance.

— Hum, es-tu vivant ?

Silence.

Se penchant en avant, elle lut ce qui était écrit sur l'emballage : « BISCUIT ORACLE ». Les oracles prédisaient l'avenir. C'était un biscuit chinois, façon Olympe ! Un biscuit parlant, apparemment. Elle se leva pour aller jeter ses déchets, ne sachant trop quoi faire du biscuit. Les porte-bonheur étaient toujours si risibles, mais elle ne pouvait plus manger le biscuit, alors qu'elle le savait doté de la parole.

— Eh bien, adieu ! dit-elle avec incertitude, en le laissant sur la table.

En sortant de la cafétéria, une affiche sur le mur attira son attention.

GRANDE FOIRE DES INVENTIONS

INVENTE QUELQUE CHOSE QUE LES

GRECS ADORERONT, ET

TU DEVIENDRAS CÉLÈBRE !

(EN PLUS D'OBTENIR DES CRÉDITS

ADDITIONNELS)

DATE LIMITE D'INSCRIPTION :

VENDREDI

JUGES : DES MORTELS GRECS

« Tu deviendras célèbre ? »

Quelle coïncidence ! Exactement les mêmes mots que ceux prononcés par le biscuit.

Athéna retourna la tête vers sa table juste à temps pour voir l'une des préposées de la cafétéria à tête de grenouille dérouler sa longue langue gluante et engouffrer le biscuit à moitié mangé. Celle-ci passa aux autres tables, mangeant des restes çà et là, puis essuyant les tables.

« Beurk ! »

Athéna se retourna de nouveau vers l'affiche, sous laquelle se trouvait une pile de formulaires d'inscription. Elle en prit un. Peut-être s'inscrirait-elle.

Au même moment, elle entendit un *splouch*, *splouch* familier derrière elle. Poséidon.

— Tu penses t'inscrire ? lui demanda-t-il.

Athéna fit un pas en arrière, car le trident qu'il tenait à la main dégouttait sur ses chaussures. Était-il allé nager ?

— Peut-être, répondit-elle. Et toi ?

— Bien sûr. Et je vais gagner, dit-il en relevant la tête avec arrogance et en la dévisageant.

— Si on en croit les rumeurs, poursuivit-il, tu serais plutôt brillante. Si tu veux, je peux te prendre comme assistante. Tu pourras m'aider à réaliser mon idée.

La prendre elle comme son assistante à lui ? Soudainement, Poséidon ne lui semblait plus aussi chou.

— Merci bien, mais j'ai mes propres idées, dit Athéna, un tant soit peu agacée.

Et en passant, ta fourche dégoutte, ajouta-t-elle, faisant exprès d'utiliser le mauvais mot.

— C'est un trident! dit-il en frappant le bout du long manche sur le sol.

— Peu importe, dit Athéna à la légère. À plus!

Apercevant Aphrodite parmi un groupe de filles un peu plus loin, elle fourra le formulaire dans sa poche et se dirigea vers elle.

— Salut, dit Aphrodite. Tu veux venir aux essais?

— Les essais pour quoi? demanda Athéna.

— La troupe des apprenties déesses.

Remarquant le regard égaré d'Athéna, Aphrodite lui montra du doigt la feuille d'inscription affichée sur le mur. «La troupe de meneuses de claques des ADS soutient les Titans combatifs, l'équipe sportive de l'Académie du mont Olympe lors des Jeux olympiques. Courses de chars et course à pied. Lancer du javelot et du disque. Lutte. Et autres sports de même nature.»

L'une des amies d'Aphrodite, la déesse aux cheveux foncés qui se trouvait à côté d'elle, commença à bouger les bras en mouvements orchestrés, tâche difficile s'il en est une avec un arc et un carquois accrochés aux épaules. Elle entonna ensuite un ban d'encouragement :

— Nous sommes forts! Nous sommes combatifs! Nous sommes les forts Titans combatifs! Woo-hoo!

— Wouf-wouf!

Les trois chiens qui se tenaient à côté d'elle, un limier, un lévrier et un beagle, hurlèrent en faisant chorus avec elle au moment où elle lançait une jambe dans les airs.

— Wow! C'était génial! dit Athéna.

— Merci. C'est Perséphone qui a inventé celui-là, dit la fille modestement en parlant de la déesse aux cheveux roux qui se tenait à côté d'elle.

Aphrodite lui présenta Artémis, la fille aux chiens, et Perséphone, la fille aux cheveux roux bouclés.

— Tu devrais essayer. On aurait bien besoin de sang neuf dans notre troupe, dit Perséphone en s'adressant à Athéna d'une voix douce.

Elle était si pâle qu'elle aurait eu besoin de sang neuf elle-même, pensa Athéna.

— Je ne sais pas… commença-t-elle.

— Tu pourras côtoyer les beaux garçons de l'équipe des Titans, dit Aphrodite en souriant et en soulevant un sourcil parfait. Poséidon en fait partie.

— Tu es vraiment obsédée, la taquina Artémis en la poussant du coude légèrement. Qui se soucie de stupides jeunes dieux? Moi je fais partie de la troupe pour garder la forme.

— Je doute avoir beaucoup de temps pour les activités parascolaires, dit Athéna.

Et, chose certaine, elle se fichait pas mal de côtoyer ou non Poséidon. Il était bien trop imbu de lui-même.

— Et ça paraît bien sur ton dossier scolaire de faire partie de la troupe des ADS, ajouta Perséphone pour l'amadouer.

Zeus serait probablement content si elle faisait partie de la troupe, rêvassait Athéna. Et elle avait vraiment envie de devenir amie avec ces filles sympa. Malgré tout, elle se demanda si s'inscrire à la Foire aux inventions, entrer dans la troupe des ADS et rester à jour dans ses études ne constituait pas un programme trop chargé pour ses premiers mois dans cette école. Et de plus, selon l'affiche, les auditions pour la troupe avaient lieu le lendemain après l'école !

Mais, faisant fi de ses appréhensions, elle s'entendit dire :

— Eh bien, je crois que je pourrais au moins essayer.

Se saisissant de la plume, elle inscrivit son nom sur la feuille.

6

La coloc

— C'est toi ma compagne de chambre ? demanda une voix familière.

Athéna leva les yeux du bureau de sa nouvelle chambre de dortoir, pour voir Pandore qui se tenait dans l'embrasure de la porte.

« Oh non ! »

Elle savait qu'elle devait partager la chambre avec quelqu'un, car l'un des placards était déjà plein de vêtements lorsqu'elle était montée aux dortoirs après son dernier cours. Mais jusque-là, elle ne savait pas avec qui.

— J'imagine, dit Athéna en essayant de sourire.

Ce n'était pas qu'elle n'aimait pas Pandore, elle trouvait seulement qu'elle parlait un peu trop.

— Beaucoup de devoirs, hein? demanda Pandore après avoir lancé ses effets scolaires sur son lit.

Leur chambre était petite, avec deux lits, deux bureaux et deux placards identiques de part et d'autre de la pièce. La salle de bain et les douches étaient au bout du couloir.

Athéna hocha la tête.

— Il devrait y avoir une loi contre les devoirs le premier jour d'école.

— Ça serait chouette, n'est-ce pas ? dit Pandore en s'approchant et en étirant le cou pour lorgner du côté d'Athéna. Sur quoi travailles-tu ?

« Ne sois pas si envahissante », voulut lui dire Athéna. À la place de quoi, elle répondit :

— Quelque chose pour la Foire aux inventions.

— Vraiment ? Quoi ?

Athéna soupira. Pallas et elle s'étaient couchées très tard la veille de son départ, et sa première journée à l'école l'avait épuisée.

— Euh… Pandore, j'ai beaucoup de travail, et beaucoup de rattrapage à faire, alors…

— Oh! bien sûr, je comprends.

Pandore se tint tranquille pendant environ une demi-seconde, puis elle proposa :

— Tu as besoin d'aide ?

— Non merci, répondit Athéna automatiquement.

Elle ne voulait pas qu'on croie qu'elle était débordée.

— Et toi, tu n'as pas de devoirs ? poursuivit-elle.

— Moi ? Non. J'ai tout terminé à la salle d'étude, dit Pandore.

«Si une mortelle comme Pandore y arrive, je devrais pouvoir faire de même», pensa Athéna.

Dommage qu'elle n'ait pas choisi une période d'étude au lieu de suivre un cours de plus.

Sans même demander la permission, Pandore prit la pile d'esquisses qu'Athéna avait posée sur son lit et commença à les regarder. Elle examina celle du dessus, le dessin d'un ovale. Elle la retourna de tous les côtés, puis la remit à l'endroit.

— Qu'est-ce que c'est?

— Ce sont mes idées d'inventions pour le concours de l'école. J'ai appelé celle-là une «olive», dit Athéna. Il s'agit d'un petit fruit de la taille de ton pouce. Je l'ai inventée pour donner plus de goût à la salade céleste que les préposées de la cafétéria préparent, pour ajouter un petit quelque chose de salé et de différent. Je n'ai pas encore dessiné l'arbre sur lequel elles pousseront, mais ce sera un arbre à feuilles persistantes, avec de jolies feuilles vert argenté sur des branches que l'on pourra tresser pour en faire des couronnes.

— Hum. C'est certainement délicieux, mais pour ma part, je ne suis pas très salade, dit Pandore.

Elle fronça les sourcils, puis passa à l'esquisse suivante.

— Pourquoi as-tu dessiné la nouvelle fourche de Poséidon?

— Ce n'est pas une fourche.

Athéna se rapprocha pour lui monter les différences.

— Cette invention s'appelle un « râteau »; et il possède beaucoup plus de dents que son trident.

— Mais à quoi ça sert? À occire les chimères ou calmer les furies?

— Non, dit Athéna en se sentant un peu gênée. C'est pour les mortels, pour le travail à la ferme ou dans le jardin. En l'inventant, je pensais à toutes les feuilles et à tout ce foin que j'ai vu dans les champs lorsque je m'envolais vers le mont Olympe ce matin. C'est ce qui m'a donné l'idée. Mon râteau pourrait les ramasser bien mieux que n'importe quel balai.

Pandore plissa le nez, visiblement peu impressionnée. Elle pensait sans doute qu'un râteau à foin était un objet trop inintéressant pour gagner.

Pandore prit un troisième dessin.

— Et ça?

— Ça s'appelle un «bateau», dit Athéna en croisant les doigts pour qu'elle aime au moins une de ses idées. Il flotte sur la mer comme un voilier en papyrus ou un radeau fait de joncs. Mais en plus gros, pour pouvoir contenir beaucoup de gens.

Pandore l'examina comme il faut, en penchant la tête sur le côté.

— Je dis « peut-être », pour celui-ci.

Athéna hocha la tête, se sentant un peu démoralisée. Elle avait cru que ses inventions étaient plutôt bonnes, mais le manque d'enthousiasme de Pandore était un tant soit peu décourageant.

Toc, toc, toc.

— Qui est là ? cria Pandore.

Laissant tomber les esquisses sur le lit d'Athéna, elle traversa la chambre pour ouvrir la porte à la volée. Aphrodite se tenait devant, dans le couloir.

— D'où arrives-tu ? demanda Pandore en sortant la tête et en regardant à gauche et à droite dans le couloir.

— Neuf portes plus loin, dit Aphrodite en entrant. Artémis est dans la chambre voisine de la mienne.

— Vous ne partagez pas? demanda Pandore.

Aphrodite fit non de la tête.

— Il lui fallait un lit pour ses chiens, et moi j'avais besoin d'un plus grand placard. Alors, on a chacune notre chambre.

— Et Perséphone? demanda Pandore en rentrant la tête. Est-elle au même étage que nous?

Aphrodite sourit à Athéna, en haussant les sourcils. Son regard exprimait la sympathie. Les questions incessantes de Pandore lui tombaient probablement sur les nerfs aussi, songea Athéna. Elle lui

rendit son sourire, heureuse que quelqu'un d'autre la comprenne.

— Perséphone va habiter à la maison,
chez sa mère, cette année, répondit
Aphrodite.

En entendant le mot «maison»,
Athéna se sentit bien seule tout à
coup, malgré l'excitation d'apprendre
à connaître de nouvelles amies.

— Artémis et moi, nous avons pensé
que tu t'ennuyais peut-être de la maison,
dit Aphrodite, comme si elle avait lu
dans ses pensées. Alors, on a imaginé
faire une fête de bienvenue à l'AMO.

Avant même qu'elle puisse ajouter
un mot de plus, on entendit du bruit
dans le couloir, puis Artémis s'engouffra

dans la chambre. Ses trois chiens sautillaient derrière elle en remuant la queue. Elle posa un bol rempli de croustilles sur le lit de Pandore, puis se dépêcha d'aller ouvrir la grande fenêtre de la chambre. Elle ne sembla pas remarquer que ses chiens commençaient à dévorer sa collation.

— Venez voir ! cria-t-elle. Quelqu'un fait pleuvoir toutes sortes de choses bizarres sur Terre. C'est la chose la plus extravagante que je n'ai jamais vue !

Les quatre filles se serrèrent à la fenêtre pour regarder dehors. Une tempête d'objets qui ressemblaient de manière suspecte à ceux qu'Athéna avait dessinés apparut de nulle part.

Les objets tourbillonnèrent dans les airs en tornade pendant quelques secondes, puis commencèrent à tomber, un à un. À mesure que la gravité les attirait sur Terre, des lumières dans les villages et les villes bien loin en bas commencèrent à scintiller. Des voix leur parvenaient à travers les nuages.

— Aïe !

— Arrêtez !

— Aïe ! Aïe !

— Pourquoi les dieux sont-ils si fâchés contre nous ?

— Que se passe-t-il ? À qui sont ces voix ? demanda Athéna.

— Des mortels, dit Aphrodite. Ils se plaignent si fort qu'on peut les entendre d'ici.

— Houla! Quelqu'un à l'Académie va se faire taper sur les doigts pour cette mauvaise plaisanterie, dit Artémis.

Pandore écarquilla les yeux et se tourna vers Athéna.

— Lorsque tu as inventé tes objets et que tu faisais tes croquis, est-ce que tu as bloqué tes cogitations?

Athéna secoua la tête. «Bloquer ses cogitations»? Mais qu'est-ce que ça voulait dire?

— Je ne savais pas que j'étais censée le faire, bredouilla-t-elle. Je veux dire, je ne sais même pas comment faire ça.

— Oh oh, dit Aphrodite, l'air inquiet. Où sont ces croquis?

Athéna lui montra la pile sur son lit.

Artémis les avait déjà découverts et elle était en train de les feuilleter.

— Nom d'un chien! Ils ressemblent en tous points aux objets de la tempête.

— Il ne faut jamais faire de croquis avant de leur jeter un sort afin qu'ils restent sur le papyrus, l'avertit Aphrodite.

— QUI EST-CE QUI COGITE DE LA SORTE? tonna une voix dans la cour, sous la fenêtre.

— Zeus est en bas! chuchota Pandore, les yeux écarquillés.

À la mention du nom du directeur, les chiens d'Artémis levèrent la tête d'un air intéressé pendant un instant, puis ils se remirent à mâcher des croustilles.

Athéna jeta un œil dehors. Zeus se tenait dans la cour, les poings sur les hanches, et il n'avait pas l'air très content.

Craintivement, elle agita la main pour attirer son attention.

— Euh… Papa, euh… Monsieur le directeur Zeus! Je crois que c'est moi. Désolée!

— Athé? C'est toi? rugit Zeus en levant la tête pour la regarder avec indignation. Tu ne peux pas penser comme ça impunément à toutes sortes d'idées saugrenues! Ne sais-tu pas que tout ce qu'une déesse fait a des conséquences sur les mortels, en bas sur Terre? Il y a des règles à suivre, pour l'amour des dieux!

Sa grosse voix se réverbérait sur les murs, projetant des échos dans toute la cour et à l'intérieur de l'école.

— Mais je ne savais pas, lui répondit Athéna.

— Tout est écrit dans le *Manuel de l'apprentie déesse*. Tu devrais avoir fini d'en mémoriser les 2001 règles, lui lança-t-il d'en bas.

— Mais je suis arrivée aujourd'hui seulement, protesta Athéna. Je n'ai pas eu le temps…

— PAS D'EXCUSES! tonna Zeus si fort cette fois que le miroir vibra sur le mur.

Puis, marmonnant dans sa barbe, il rentra à grands pas dans l'école.

C'est alors qu'Athéna remarqua tous les étudiants rassemblés dans la cour. Et il y en avait encore plus aux fenêtres et aux portes de l'édifice, s'étirant le cou pour écouter. Ils avaient tout entendu. Comme c'était embarrassant! Elle se laissa glisser le long du mur pour s'asseoir sur le sol, sous la fenêtre.

— Je suis nulle comme déesse, grommela-t-elle

— Ne t'en fais pas, dit Artémis en essayant de lui remonter le moral. Zeus aboie plus fort qu'il ne mord. Il me colle toujours des points d'inaptitude lorsque mes chiens se montrent trop turbulents, puis il oublie.

Elle s'agenouilla pour faire un câlin de groupe à ses trois chiens.

— N'est-ce pas, les gars?

— Vraiment? demanda Athéna avec espoir.

Lorsque les autres hochèrent la tête, elle se sentit un peu mieux. Après qu'Artémis fut allée chercher un autre bol de croustilles et de la trempette à l'ambroisie, les quatre filles s'assirent sur l'un des lits, ouvrirent quatre bouteilles de nectar et se mirent à grignoter la collation.

— Je suis sûre que tout peut te sembler bien difficile maintenant, mais tu vas te rattraper dans très peu de temps, dit Aphrodite à Athéna pour la rassurer.

— Mon premier trimestre ici, à l'Académie, a été un fiasco, dit Artémis en jetant des croustilles à ses chiens une à une. Je ne suis pas arrivée à maîtriser la matière du cours de sortilèges-ologie pendant une éternité. Je n'arrêtais pas d'éternuer et de changer tout le monde en chiens. Ou en puces.

— Vous vous rappelez ce que j'ai fait en cinquième année? dit Pandore en roulant les yeux.

— Oh oui! Qui pourrait oublier ça? dit Aphrodite.

— Quoi? demanda Athéna.

— J'ai accidentellement ouvert une boîte de désastres dans la classe de monsieur Épiméthée, et la majorité des désastres se sont enfuis sur Terre, admit Pandore. J'ai cru que Zeus allait assurément me renvoyer à la maison. Ou pire encore. Mais il ne l'a pas fait.

Si Pandore n'avait pas été expulsée pour avoir fait une bêtise si grosse, Zeus ne l'expulserait certainement pas non plus pour sa petite erreur de cogitation, pensa Athéna. Bien que Pallas lui manquât, elle ne voulait pas être bannie et devoir retourner au lycée Triton.

Elle était trop heureuse d'avoir rencontré de nouvelles amies et elle aimait beaucoup ses nouveaux cours ici, à l'AMO. En même temps, elle se sentait coupable d'avoir autant de plaisir. Mais Pallas aussi allait rencontrer de nouveaux amis. Elle comprendrait. N'est-ce pas?

Des heures plus tard, après qu'Aphrodite et Artémis furent retournées dans leurs chambres et que Pandore se fut endormie, Athéna fixait avec lassitude les devoirs qu'il lui restait à faire. Elle aurait bien laissé tomber tout à fait la Foire aux inventions, mais désormais elle se sentait redevable envers les mortels à cause de ce qu'elle leur avait fait accidentellement cet après-midi-là.

Peu importe ce que disaient les autres filles, elle croyait toujours qu'elle était nulle comme déesse. Du moins jusqu'alors. Peut-être les choses iraient-elles mieux le lendemain.

Elle s'installa à son bureau et se mit à travailler.

7

Un homme à la mer

Le lendemain matin, Athéna se réveilla en retard. Un bien mauvais début pour sa deuxième journée. Puis, en se précipitant vers la classe, elle trébucha sur quelque chose dans l'escalier et tomba, s'écorchant un genou. Elle prit l'objet pour l'examiner, puis le fourra dans son sac. C'était un petit bateau, l'une des inventions qui étaient apparues par magie lorsqu'elle réfléchissait la veille. La majorité des objets étaient tombés sur Terre, mais celui-ci n'avait visiblement pas réussi à se rendre aussi loin.

Monsieur Cyclope la regarda d'un œil désapprobateur lorsqu'elle arriva en retard au cours d'héros-ologie, mais au moins, il ne la réprimanda pas devant tout le monde. Pour une raison ou pour une autre, tous les bureaux avaient été repoussés contre les murs de chaque côté de la salle. Au milieu de la pièce, il y avait une longue table entièrement recouverte d'une carte en trois dimensions. Le professeur et les étudiants se tenaient autour.

— Chacun de vous trouvera son héros quelque part sur cette carte, disait monsieur Cyclope.

Il avait repris les statuettes la veille à la fin du cours, expliquant aux élèves qu'elles ne devaient jamais quitter cette pièce.

Lorsqu'Athéna fut suffisamment près, elle vit que l'énorme carte était très réaliste. Il y avait des routes, des vallées, des villages et des châteaux entourés de douves. La plus haute montagne faisait près de 30 centimètres de hauteur, et l'on pouvait apercevoir dans les mers et les océans des créatures étranges recouvertes d'écailles.

— J'ai manqué quelque chose? murmura Athéna à Aphrodite.

— Nous commençons nos périples, murmura Aphrodite en réponse. J'ai fait tomber Pâris amoureux d'une jolie mortelle nommée Hélène. Il vient juste de l'emmener dans sa forteresse pour lui montrer les lieux. N'est-ce pas romantique? soupira-t-elle de ravissement.

— Bien joué, Bubulles, dit Méduse avec sarcasme. Au cas où tu ne l'aurais pas remarqué, quelqu'un d'autre était déjà amoureux d'Hélène. Mon héros, Ménélas, le roi de Sparte.

— C'est vrai ? dit Aphrodite, l'air délicieusement gêné. Oups !

Méduse appela monsieur Cyclope pour s'en plaindre. Son œil étudia la carte attentivement, mais il ne sembla pas fâché outre mesure de ce qui s'était passé. Il dit plutôt :

— C'est quelque peu inhabituel, Aphrodite, mais j'aime le fait que tu aies été en mesure de poser des obstacles au succès de deux héros à la fois.

N'importe qui d'autre se serait attiré des problèmes pour avoir fait une telle erreur, pensa Athéna. Mais Aphrodite était si séduisante et gentille que vous ne pouviez pas faire autrement que l'excuser, peu importe ce qu'elle avait fait. À moins, bien entendu, que vous ne soyez Méduse, qui avait maintenant l'air plutôt maussade.

— Rappelez-vous que vous serez notés sur la créativité des périples que vous concevrez, et aussi sur votre capacité à tirer d'affaire votre héros, dit monsieur Cyclope à l'ensemble de la classe. Alors, ne leur rendez pas la vie trop facile. Ils doivent être mis à l'épreuve pour montrer de quel héroïsme ils sont capables. Sans cela, ils ne seraient que des mortels ordinaires.

Athéna y réfléchissait en cherchant sa figurine d'Ulysse. Mais où monsieur Cyclope avait-il bien pu le placer ? Elle le trouva enfin sur une île nommée Ithaque. C'était dans la mer Ionienne, à l'ouest de la Grèce. Elle le prit par la tête, le tenant à deux doigts.

Aphrodite s'étrangla presque en la voyant faire.

— Ne le tiens pas comme ça. Tu vas sûrement lui donner un terrible mal de tête.

— Oh! Désolée, dit Athéna.

Se rappelant ce qu'avait dit Zeus sur le fait que tout ce que faisaient les jeunes déesses avait des conséquences pour les mortels, elle déposa délicatement Ulysse dans la paume de sa main.

«Hum. Où pourrais-tu aller, petit héros?» se demanda-t-elle.

Étudiant la carte, elle réprima un bâillement. Elle était tombée endormie la nuit précédente au milieu de son devoir de lecture, mais la dernière chose qu'elle avait lue était qu'un périple devait toujours comporter une part d'émotions, une part d'action et une part de voyages.

La carte était comme une planche de jeu de société, songea-t-elle pendant qu'elle l'étudiait. Chaque héros travaillerait à un but précis, mais essaierait aussi de damer le pion aux autres. Et les jeunes dieux et déesses qui manipulaient les figurines seraient notés sur les succès de leur héros. Un peu comme un jeu d'échecs, mais en plus intéressant... et avec des résultats tangibles.

Athéna bâilla de nouveau. Elle était si fatiguée qu'elle pouvait à peine réfléchir. Posant les coudes sur le bord de la carte, elle appuya le menton dans sa main vide, juste un instant.

— Attention, tu vas le noyer! cria quelqu'un un peu plus tard.

— Quoi?

Athéna se réveilla en sursaut et regarda autour d'elle, surprise. Sa tête était appuyée sur ses avant-bras, qui étaient repliés sur le bord de la carte. Elle s'était endormie debout!

— Repêche-le! la somma monsieur Cyclope. Vite!

Toute la classe la dévisageait avec horreur. Athéna baissa les yeux vers la carte juste à temps pour voir Ulysse couler dans la mer Méditerranée. Elle avait dû le laisser tomber en s'endormant!

— C'est de la vraie eau?

En une fraction de seconde, elle tendit la main et l'attrapa par le pied. Quelque chose sous la surface de l'eau lui mordilla le doigt. Elle se pencha pour regarder de plus près. Un monstre marin grimaçant d'environ 25 centimètres de longueur sortit de l'eau en faisant des éclaboussures et vint lui lécher le nez.

— Beurk! dit-elle en se jetant en arrière.

Non seulement les mers et les océans étaient-ils réels, mais les bêtes et créatures qui s'y cachaient l'étaient-elles aussi.

Tenant Ulysse dans un poing, Athéna attrapa rapidement de l'autre main son sac, à ses pieds. Après y avoir fouillé pendant un moment, elle en retira le petit bateau qu'elle avait trouvé sur les marches en se rendant en classe.

— Voilà, dit-elle en le posant sur la mer Méditerranée et en y installant Ulysse. Ce bateau est juste ce qu'il te faut pour te rendre là où tu t'en vas... Une fois que j'aurai décidé où.

— Bon sauvetage! murmura doucement Aphrodite.

— Merci, répondit-elle. Mais j'ai presque noyé le pauvre Ulysse. Quelle horrible chose à faire à un pauvre mortel sans méfiance !

— Ne t'en fais pas. Tu vas devenir meilleure à ce genre de choses après un certain temps, dit Aphrodite.

«Mais si je n'y arrivais pas? s'inquiéta Athéna. Et si je faisais une erreur et que je faisais quelque chose comme ça à un autre mortel un jour?»

Comme Pallas, par exemple. Ce serait terrible !

Athéna commençait à penser que les pouvoirs surnaturels n'étaient rien d'autre qu'un tas de soucis. Chaque petite erreur des dieux et des déesses pouvait causer beaucoup de désagréments. Et le monde entier surveillait tout ce qu'ils faisaient.

Tout comme monsieur Cyclope. Bien qu'il n'ait qu'un œil, il semblait tout remarquer.

— Tu ferais mieux de t'y mettre, lui dit Méduse d'un air hautain. Le roi Ménélas vient d'ordonner à Ulysse de ramener Hélène de Troie.

— Tu... Il ne peut pas faire ça, protesta Athéna.

Aphrodite lui donna un léger coup de coude.

— Oui, elle le peut, l'avertit-elle.

— Mais pourquoi?

— Parce que mon roi est le patron de ton héros, voilà pourquoi, l'informa

Méduse avec condescendance. N'as-tu pas fait la lecture?

— J'ai dû omettre cette partie, dit Athéna.

Pas question qu'elle admette devant Méduse qu'elle s'était endormie en faisant la lecture de son rouleau de texte la nuit précédente.

— Tu fais ça à Athéna juste pour m'ennuyer, n'est-ce pas? dit Aphrodite à Méduse.

Méduse haussa les épaules.

— Et alors? Si Athéna veut avoir une bonne note, son héros doit suivre mes ordres.

En poussant un long soupir, Athéna se retourna vers la carte.

— D'accord. J'y vais, j'y vais.

Du bout du doigt, elle dirigea le bateau d'Ulysse sur la mer Méditerranée vers Troie. Comment allait-elle éloigner Hélène de Pâris comme l'avait ordonné Méduse sans que cela fâche Aphrodite ?

Entre-temps, Poséidon, qui avait dû entendre leur conversation, s'affairait à aider son héros à construire des murs autour de Troie pour empêcher Ulysse d'y entrer.

Chaque fois qu'Athéna essayait de mettre le bateau d'Ulysse sur la bonne voie, Poséidon soufflait de grosses bouffées d'air à la surface de l'eau, ce qui faisait tanguer le bateau et le repoussait vers l'arrière.

— Tu as vraiment l'air d'aimer faire des vagues, lui dit Athéna en le fixant du regard.

— Ouais. Comme je te l'ai dit hier, j'aime gagner, lui dit Poséidon en lui faisant un grand sourire.

Méduse s'interposa, jetant à Athéna un regard mauvais avant de se retourner vers Poséidon.

— Comment as-tu réussi à construire ce mur si rapidement? minauda-t-elle. Tu es teeellement intelligent!

Poséidon lui fit un grand sourire.

— N'est-ce pas? Mais construire ce mur a été si facile. Regarde.

Savourant l'adulation que lui portait Méduse, il commença à lui montrer comment construire un mur en argile.

Ça alors, se dit Athéna, elle avait délibérément détourné l'attention de Poséidon. Elle était jalouse !

Il se trouva que le roi de Méduse était très puissant. Il envoya d'autres héros aider Ulysse et, avant longtemps, les héros de tout le monde se mirent à se battre entre eux. Les héros de la moitié de la classe, incluant ceux d'Aphrodite et de Poséidon, étaient dans l'équipe troyenne. Et ils appuyaient Pâris.

L'autre moitié de la classe, incluant Athéna et Méduse, faisait partie de l'équipe grecque, appuyant Ulysse et le roi Ménélas. C'était dommage que monsieur Cyclope ne veuille pas laisser Méduse et Aphrodite échanger leurs héros, pensa Athéna. Parce qu'alors, Méduse pourrait être du côté de Poséidon, comme elle le désirait sans doute, et Athéna et Aphrodite pourraient être dans la même équipe.

Le combat s'intensifia. Et soudainement, Athéna ne se souciait plus de ses notes. Ni de monsieur Cyclope. Elle se souciait de son héros !

— Il faut trouver le moyen de mettre fin à ce combat, dit-elle à ses équipiers.

Méduse croisa les bras.

— Je ne céderai pas devant Aphrodite, si c'est ce que tu as en tête. Je ne serai pas heureuse tant que mon roi n'aura pas repris Hélène à Pâris.

— D'accord, j'ai une autre idée alors.

Athéna ouvrit son sac et en sortit le cheval que Pallas y avait glissé. Heureusement qu'elle avait été trop fatiguée pour défaire son sac la veille.

— Voici Woody, annonça-t-elle à toute la classe, en le déposant juste devant les portes de Troie.

Elle retira le ruban rouge qui retenait son rouleau de texte d'héros-ologie et l'attacha autour du cou du cheval, comme si c'était un cadeau.

— Pourquoi l'as-tu déposé devant nos portes ? demanda Poséidon de façon suspicieuse.

— C'est un cadeau de départ, répondit Athéna, mine de rien.

— Un cadeau ? répéta Aphrodite.

Athéna détestait raconter des bobards à sa nouvelle amie, mais elle désirait gagner à ce jeu et réussir en classe autant que Poséidon, et même davantage. Elle se retourna et commença à faire monter les héros de son équipe sur le petit bateau.

— Alors, tu vas simplement abandonner comme ça ? demanda Méduse d'un air dégoûté.

— Au moins, cela va mettre fin à la bataille, dit Athéna suffisamment haut pour que tout le monde puisse l'entendre.

Puis, plus bas, à l'intention de Méduse et du reste de son équipe, elle murmura :

— Faites-moi confiance. J'ai un plan, mais on n'a pas le temps pour des explications.

— Te faire confiance ? persifla Méduse. Ha ! Tu abandonnes juste parce qu'Aphrodite est ton amie. Et parce que tu as le béguin pour Poséidon.

— Ce n'est pas ça du tout, murmura Athéna.

Le navire était maintenant rempli de héros; elle le poussa donc pour qu'il vogue vers la Méditerranée.

Ayant toujours l'air de flairer un piège, Poséidon fit néanmoins reculer son héros vers la porte de la forteresse.

— Attends! dit Aphrodite. Es-tu bien certain de vouloir accepter ce cadeau?

— Bien sûr, pourquoi pas?

Avant même qu'elle puisse l'arrêter, il ouvrit la porte, prit la corde du cheval et le tira à l'intérieur des murs. Puis il referma la lourde porte et la verrouilla derrière eux.

Ping! Ping! Ping!

Toute la classe grogna, y compris monsieur Cyclope. Juste au moment où

les choses commençaient à être inté-
ressantes, le cours finissait. Ils allaient
devoir attendre au lendemain pour
savoir ce qui allait se passer.

8

Triple hourra

Après l'école, Athéna alla rencontrer Aphrodite, Artémis et Perséphone sur le terrain de l'arène derrière l'Académie pour les auditions de la troupe des ADS. Méduse, ses sœurs et trois douzaines d'autres déesses et mortelles y étaient aussi, mais Pandore avait décidé de passer l'audition pour la fanfare. Un peu plus loin, les dieux et déesses

qui faisaient partie des Titans s'entraî-
naient pour les Jeux olympiques, qui
auraient lieu tout au long de l'année.

Athéna ouvrit brusquement ses éventails dorés. Avec l'ensemble du groupe,
elle forma des pyramides et s'entraîna à
faire des pirouettes et le grand écart. En
deux heures, ils avaient tous appris la
chorégraphie et les bans.

« Rapides ! Rapides !

Nous sommes les Titans intrépides !

Rapides ! Rapides !

Nous sommes les Titans intrépides ! »

Lorsque la coach Nikê et ses neuf
adjointes, les muses, commencèrent à
prendre les filles en équipes pour les

derniers stages d'essais, Athéna décida d'aller parler à Méduse. Elle n'avait pas nécessairement envie de le faire, mais peut-être que si elle lui expliquait son plan avec Woody et les héros pour le cours, Méduse ne la considérerait plus comme une ennemie. Quoiqu'elles ne deviendraient jamais de meilleures amies!

Athéna attendit jusqu'à ce son équipe, celle de Méduse, et quelques autres qui ne passaient pas avant la fin, se rendent boire à la fontaine à nectar. Athéna s'approcha alors de Méduse et de ses sœurs.

C'est alors qu'un ban retentit faiblement parmi les triplettes, ce qui la figea sur place. Tous ceux qui attendaient en ligne à la fontaine se retournèrent pour regarder.

— C'est un M! scanda Méduse.

— C'est un O! scanda Sthéno

— C'est un U! scanda Euryale.

— Ajoutez CHE, et qu'avez-vous? demanda Méduse.

— La mère d'Athéna! crièrent ses sœurs.

Le visage d'Athéna devint rouge comme une pivoine. Mais l'horreur n'allait pas s'arrêter là.

— ZZZZZ.

En faisant des bruits de bourdonnement, les triplettes sortirent des tapettes qu'elles avaient glissées sous leurs ceintures. Elles devaient avoir planifié tout ça avant même les essais, pensa Athéna. Comme c'était méchant ! En agitant les tapettes en mouvements chorégraphiés, les filles se mirent à faire un petit numéro.

— Oh, là, là, j'ai mal à la tête !

(Pas de côté, coup de tapette. Pas de côté, coup de tapette, coup de tapette)

— Comment l'arrêter ? Écrase la mouche de ta tapette !

(Pas de côté, coup de tapette. Pas de côté, coup de tapette, coup de tapette.)

Bien qu'elles eussent été trop loin pour que la coach puisse les entendre, les autres filles qui étaient en file devant la fontaine ne manquaient rien de ce qui se passait.

— Cesse de t'en prendre à Athéna, dit Artémis en s'avançant vers les triplettes.

— Ouais, dit Aphrodite en la rejoignant.

— Personne ne choisit ses parents, dit Perséphone, en se tenant à côté des deux autres pour former un mur de déesses entre elles et Athéna.

— Venez, allons rejoindre les autres, dit Aphrodite.

Artémis, Perséphone et elle partirent bras dessus, bras dessous avec Athéna pour retourner vers l'endroit où avaient lieu les essais.

— Merci, les filles, leur dit Athéna, encore un peu secouée.

— Tout le plaisir est pour nous, dit Aphrodite.

— Ouais, convint Artémis.

— C'est quand tu veux, ajouta Perséphone.

C'était gentil à elles de prendre son parti, pensa Athéna. Mais quand même, le perfide numéro l'avait ébranlée. Et c'était alors au tour de son équipe de faire l'essai final. Si elle manquait son coup, elle allait ruiner les chances de ses nouvelles amies de faire partie de la troupe des ADS.

Juste au moment où les quatre filles s'avancèrent pour présenter leur cho-régraphie, Poséidon lança son trident au-dessus du terrain. Il décrivit un arc haut dans les airs, comme un javelot.

Rapidement, au signal d'Aphrodite, les quatre déesses entamèrent un ban :

« Boum, boum, mille tonnerres,

Envoyez ce trident loin dans les airs !

Woo-hoo ! »

Athéna et ses amies agitèrent leurs éventails scintillants. Puis, en chœur, elles murmurèrent :

— Métamorphose.

Au moment où elles prononcèrent ce mot, chacune d'elle se transforma, faisant sortir une paire d'ailes blanches de ses omoplates. Se tenant les mains, elles s'élevèrent dans les airs d'environ quatre mètres. Agitant doucement leurs ailes, elles formèrent un rang bien droit de leurs six éventails, chacun portant une lettre épelant le nom de leur équipe : «TITANS».

Puis elles se laissèrent doucement retomber vers le terrain. En touchant le sol, comme par magie, leurs ailes semblèrent fondre, puis disparaître. Se métamorphoser s'était révélé étonnamment facile pour Athéna. Elle y était arrivée à son troisième essai seulement. En réalité, la troupe des ADS était beaucoup plus amusante que ce à quoi elle s'était attendue.

Lorsqu'il alla chercher son trident, tirant les dents du gazon où elles s'étaient enfoncées sur le terrain en atterrissant, Poséidon décocha un grand sourire à Athéna.

— Merci !

Il avait réussi un lancer plus loin que tous les autres jeunes dieux. Triomphant, il repartit en courant vers ses équipiers.

Entre-temps, Méduse se retourna pour voir à qui il avait souri de la sorte. Lorsqu'elle se rendit compte qu'il s'agissait d'Athéna, son visage prit une couleur violette pas du tout seyante.

— Voleuse de jeune dieu ! sifflat-elle entre ses dents lorsqu'Athéna s'approcha.

— Je n'ai rien volé du tout, protesta Athéna avec surprise.

Méduse croyait-elle qu'elle avait inventé le ban pour Poséidon? C'était l'idée d'Aphrodite de les appuyer, lui et toute l'équipe des Titans.

— Pfuit! On va voir si tu vas aimer ça lorsque le vent va tourner! dit Méduse en partant en trombe.

Ses sœurs la suivirent, fusillant Athéna du regard.

Celle-ci se retourna vers ses amies.

— Que voulait-elle dire par là?

— Qui sait? dit Aphrodite. Mais suis mon conseil, et essaie de l'éviter. Elle est toujours première au cours de vengeance-ologie, chaque année.

— Et elle suit le cours accéléré, fit remarquer Artémis, l'air inquiet.

— Quel gâchis, dit Perséphone.

— Ouais, convint Athéna, puis secoua la tête avec ahurissement. Méduse en pince pour Poséidon, et elle pense que lui en pince pour moi.

Aphrodite lui lança un regard exaspéré.

— Mais elle a raison, il en pince pour toi. Fais-moi confiance, j'ai un don pour sentir ces choses-là. Poséidon n'a probablement jamais rencontré de fille qui ne lui a pas immédiatement succombé. C'est pourquoi il essaie si fort avec toi : tu es un défi pour lui !

— Il aime simplement draguer ! s'objecta Athéna. Avec toutes les filles qui lui passent sous les yeux !

Artémis leva les yeux au ciel.

— Toute cette romance à la gui-mauve va me faire vomir. Puisque nous avons terminé, je vais aller donner leur pitance à mes chiens.

Elle se dirigea vers les gradins de pierre et détacha ses chiens.

Maintenant que la dernière équipe avait terminé les essais, la coach Nikê et les neuf muses quittèrent le terrain pour aller compiler les résultats et décider qui pourrait intégrer la troupe des déesses. Elles dirent à tout le monde que les résul-tats seraient affichés un peu plus tard au cours de la semaine.

— Hé! cria quelqu'un au moment où les jeunes dieux terminèrent leur entraînement sur le terrain. Je viens juste d'apprendre que nos héros grecs et troyens du cours d'héros-ologie se battaient sans notre intervention !

— Il faut que je voie ça ! dit Athéna.

Aphrodite, elle et plusieurs autres partirent en courant vers la classe de monsieur Cyclope. Les stores avaient été baissés à la fin de la journée, et la salle était plongée dans la pénombre. Comme de raison, leurs héros en étaient venus aux poings dans l'enceinte de la ville de Troie.

Le cheval de bois d'Athéna se tenait toujours à l'intérieur de la forteresse, mais désormais, la petite trappe située sur son flanc était ouverte. Elle était si bien dissimulée qu'aucun des Troyens ne l'avait remarquée... jusqu'alors.

Poséidon jeta un coup d'œil par la trappe.

— Un compartiment secret !

— Eh bien, ça alors ! dit Aphrodite, les yeux écarquillés de surprise.

— Le cheval n'était pas vraiment un cadeau. C'était un piège, n'est-ce pas ? dit Poséidon.

— Tu l'as dit, dit Athéna. Tu vois, ce ne sont pas tous nos héros qui sont montés à bord du bateau qui est parti pendant notre cours. J'ai caché Ulysse et quelques autres à l'intérieur du cheval. Pendant que nous étions sur le terrain de sport, ils ont fomenté une attaque-surprise et ont enlevé Hélène, puis l'ont ramenée au roi Ménélas, à Sparte.

Poséidon parut outré d'avoir été défait par une fille, mais Athéna s'en fichait.

— Je suis désolée d'avoir gâché tes plans de bonheur éternel pour Pâris et Hélène, dit-elle en se retournant vers Aphrodite.

— Ça ne fait rien, dit Aphrodite en haussant les épaules. Ce n'est qu'un travail scolaire. Je trouve que ton idée était géniale !

— Sans rancune ? demanda Athéna.

— Bien sûr ! dit Aphrodite. C'est la chose la plus palpitante qui ne soit jamais arrivée dans un cours d'héros-ologie depuis la première année. Lorsque monsieur Cyclope va entendre parler de ta ruse, il va danser dans ses sandales.

— S'il arrive à les trouver, ça va de soi, plaisanta quelqu'un.

C'était un fait connu de tous, leur professeur aimait lancer ses sandales en classe, et il semblait ne jamais être capable de les retrouver.

En quittant la classe, Athéna convint que sa deuxième journée à l'AMO avait été beaucoup mieux que la première. Son piège en héros-ologie avait fonctionné, elle avait bien performé pendant les essais de la troupe des ADS et, malgré le numéro plutôt gênant de Méduse et de ses sœurs, elle avait maintenant des amies qui pouvaient venir à sa rescousse. Elle se sourit à elle-même. Il était bien possible que cette journée ait marqué un tournant de sa nouvelle vie à l'Académie du mont Olympe.

9

Une embêtante disparition

— L'une de mes inventions a disparu, dit Athéna le lendemain matin en farfouillant dans ses papyrus sur le bureau de sa chambre.

— Laquelle ? demanda Aphrodite.

Examinant son reflet dans le miroir d'Athéna, elle essayait différentes façons de nouer la ceinture de son chiton à motifs bleu et argent. Artémis et elle étaient venues dans la chambre d'Athéna en attendant le moment d'aller à leur premier cours. Pandore était partie plus tôt, déclarant qu'elle devait rendre quelques rouleaux à la bibliothèque avant le début des cours.

— Je l'ai appelée Pervilave, dit Athéna en continuant de chercher.

Artémis se mit à rigoler sans pouvoir se retenir.

— Pervilave ? C'est le nom le plus idiot que j'ai entendu !

Ses chiens se mirent à renifler à leur tour, comme s'ils riaient avec elle.

Athéna les ignora. Elle plongea la tête au fond de son placard, puis ouvrit tous les tiroirs de son bureau; elle retourna même son matelas. Finalement, elle poussa un soupir de frustration et se laissa tomber dans son fauteuil.

— Il était juste là, sur mon bureau. Qu'est-ce qui a pu lui arriver? La Foire aux inventions a lieu demain!

Aphrodite regarda le fouillis de papyrus et de rouleaux sur le bureau par-dessus l'épaule d'Athéna.

— Je suis désolée d'avoir à le demander, mais c'est quoi au juste, du Pervilave?

— C'est simplement un shampoing. Mais tous les mots pervers et perfides qui viennent à l'esprit d'une personne qui l'aurait utilisé pour se laver les cheveux se transformeraient en pierre dans son cerveau avant même qu'elle puisse les prononcer.

Athéna fit un petit sourire ironique.

— Je l'ai inventé en pensant à Méduse.

— J'adore ça ! dit Aphrodite.

En s'approchant, elle indiqua un mot sur la liste qu'avait dressée Athéna pour consigner toutes ses inventions.

— Mais on dirait que tu l'as mal orthographié…

— Oh non ! dit Athéna après s'être penchée pour examiner sa liste. Tu as raison ! J'ai écrit « Viperlave » par erreur.

Artémis et ses chiens se mirent à rire de nouveau.

Athéna les foudroya du regard.

— Ce n'est pas drôle.

Puis elle se mit à glousser elle aussi.

— J'avoue que c'est un peu drôle. Mais qu'est-ce qui a pu lui arriver ?

Elle se pencha sous son bureau, fouillant dans son sac pour la troisième fois.

— Peut-être qu'il a *ondulé* hors de la chambre, la taquina Aphrodite.

Athéna se releva en secouant la tête.

— Non, ça ne pourrait pas avoir fait ça. Enfin, du moins, je pense que non.

Elle fronça les sourcils en réfléchissant.

— En réalité, je ne sais pas vraiment, parce que je ne l'ai pas encore essayé. Il se peut bien que ça ne fonctionne pas du tout.

— Houla ! Il est 8 h 30, dit Artémis en regardant par la fenêtre le cadran solaire de la cour d'école.

Il faisait environ trois mètres de diamètre, et on pouvait le voir de presque toutes les fenêtres situées de ce côté du bâtiment.

— Pardieu ! Nous ferions bien d'y aller, dit Athéna.

Attrapant leurs affaires, les trois filles se précipitèrent dans le couloir.

En descendant les marches pour se rendre au niveau des classes, Athéna remarqua une statue de marbre blanc reluisant au bas de l'escalier principal.

Elle représentait une fille mesurant environ un mètre et demi, avec de longs cheveux et portant un chiton.

— C'est une nouvelle statue? demanda-t-elle aux autres.

— Je ne l'ai jamais vue avant, dit Artémis.

— Moi non plus, dit Aphrodite.

Au même moment, Perséphone sortit de derrière la statue.

— Salut, leur dit-elle.

Athéna sursauta.

— Oh! Tu m'as fait peur, dit-elle.

Le chiton blanc et la peau de Perséphone étaient si pâles que pendant un instant, Athéna avait cru qu'il pouvait s'agir d'une autre statue de marbre prenant vie.

— Désolée, dit Perséphone en se retournant pour examiner la statue. J'ai regardé partout autour, mais il n'y a aucune signature de l'artiste nulle part. Selon vous, qui aurait pu la réaliser ?

— Est-ce que ça pourrait être l'œuvre de Zeus ? proposa Aphrodite.

— J'en doute, dit Athéna.

Zeus était un artiste abominable, et cette statue avait l'air si vraie. Si réelle en effet qu'elle lui donnait la chair de poule.

— Elle me semble familière, ne croyez-vous pas ? dit Artémis en penchant la tête pour la contempler.

À côté d'elle, ses chiens penchaient la tête et ils se mirent eux aussi à fixer la statue.

Mais avant qu'Athéna puisse l'examiner plus attentivement, la cloche-lyre se mit à sonner. Les filles se séparèrent brusquement, se saluant rapidement avant de se précipiter vers leurs classes respectives.

Athéna se sentit un peu inquiète en voyant que Méduse était absente du cours d'héros-ologie.

— Il se passe quelque chose, dit-elle à Aphrodite. Je ne sais pas quoi, mais j'ai un mauvais pressentiment au sujet de cette statue.

Dans le couloir, en chemin pour se rendre au deuxième cours, Athéna et Aphrodite virent qu'une foule, dans laquelle se trouvaient déjà Perséphone et Artémis, s'était rassemblée autour de la nouvelle statue. Tout le monde se perdait en conjectures pour tenter de deviner qui l'avait sculptée.

Comme les deux déesses s'approchaient, un malaise s'empara d'Athéna. Au beau milieu du front de la statue, sa frange avait la forme d'un point d'interrogation. Elle s'étrangla presque. Il fallait être aveugle pour ne pas l'avoir remarqué avant !

— Cette statue ressemble en tous points à… commença-t-elle.

— Pandore ! finit Aphrodite à sa place.

— Nous venions juste de nous en rendre compte, dit Artémis.

Perséphone fronça les sourcils.

— Nous sommes ensemble au premier cours, mais Pandore n'était pas en classe, ce matin.

— C'est bizarre, Méduse n'était pas en classe non plus, dit Athéna. Je me demande si ces deux absences sont liées ?

Soudainement, elle entendit un étrange sifflement. Elle se retourna pour voir Méduse, qui se tenait juste derrière elle. Elle portait un bonnet.

— Oh, te voilà, dit Athéna. As-tu vu Pandore ?

— Non, répondit Méduse, un peu trop innocemment. Houla, tu as vu comme cette statue lui ressemble? ajouta-t-elle.

Sauf qu'elle ne paraissait pas vraiment surprise. Il y avait quelque chose d'affecté dans sa voix. Ou plutôt d'infect?

— Pourquoi n'étais-tu pas dans la classe de monsieur Cyclope? lui demanda Aphrodite.

Méduse sourit narquoisement.

— Je me faisais les cheveux, dit-elle en replaçant le grand bonnet qu'elle portait.

Athéna regarda fixement celui-ci.

— Est-ce que ton bonnet est en train de… se tortiller ?

— En effet.

Et d'un geste théâtral, Méduse enleva son bonnet. Au lieu de cheveux, sa tête était maintenant recouverte de serpents verts sifflants. La foule des étudiants recula avec horreur.

— Pardieu ! s'exclama Athéna en faisant un bond en arrière.

— Tu as pris le Viperlave d'Athéna, n'est-ce pas ? l'accusa Artémis.

En entendant le nom idiot, les étudiants se mirent à rire tous ensemble.

— Ce n'est pas Viperlave. C'est Pervilave ! corrigea Athéna, un peu mal à l'aise.

— Ça ressemble à des vipères, quant à moi, dit Perséphone en regardant les cheveux de Méduse.

— C'est une de mes inventions, un shampoing, expliqua Athéna. De toute manière, je ne pensais pas que ça donnerait... — elle fit un geste vers les serpents — ça.

Haussant les épaules, Méduse tendit la main vers sa tête pour flatter l'un des reptiles, qui s'enroula autour de son poignet en sortant la langue, puis se déroula.

— En fait, j'aime bien le pouvoir que cela me donne.

Aphrodite et Athéna se jetèrent des regards inquiets.

— Quel pouvoir ? demanda Aphrodite.

Méduse regarda du côté d'Athéna.

— Ai-je mentionné qu'un peu de ta substance avait coulé dans mes yeux pendant que je prenais ma douche ce matin?

— Bien fait pour toi, dit Artémis.

Athéna demeurait silencieuse, réfléchissant très fort. De quel pouvoir pouvait bien parler Méduse? Elle jeta un coup d'œil à la statue de Pandore, puis à Méduse. Soudain, la lumière se fit dans son esprit.

— Oh non! Tout ceci est ma faute! Le Pervilave était censé transformer les mots perfides en pierre. Mais parce que je me suis trompée et que j'ai écrit « Viperlave », cela a transformé ses cheveux en vipères.

Et a donné à la personne qui l'a utilisé le pouvoir de transformer...

— Pandore en pierre? devina Aphrodite d'une voix horrifiée.

Flattant paresseusement l'un de ses reptiles, Méduse lança un regard narquois à Athéna.

— Maintenant, tu sais ce que ça fait de te faire enlever quelqu'un que tu aimes!

— Ce n'est pas sa faute si Poséidon ne t'aime pas, lui dit Aphrodite en se raidissant.

— Peut-être qu'il t'aimerait davantage si tu étais un peu plus aimable, suggéra Perséphone serviablement.

— Et moins vipérine, ajouta Athéna.

Les serpents de Méduse sifflèrent, leurs langues s'agitant vers elle. Athéna recula d'un pas.

— Malheureusement, ces serpents me donnent le pouvoir de ne transformer en pierre que les mortels, dit Méduse délibérément. Mais je songe à faire un petit voyage en bas, à Triton, après l'école, aujourd'hui. Comment, déjà, s'appelle cette mortelle qui est ton amie et qui habite la ville de Triton? Je crois que je vais aller lui rendre visite.

— Laisse mon amie tranquille! la fustigea Athéna, le souffle coupé.

— Tous ceux qui sont mortels, évitez de regarder Méduse dans les yeux! dit

Aphrodite pour avertir la foule. Sinon elle vous transformera en pierre.

Les quelques mortels qui se trouvaient dans le groupe partirent se mettre à couvert, se cachant les yeux. Mais l'avertissement était arrivé trop tard pour les chiens d'Artémis. À l'instant où Méduse siffla pour attirer leur attention, les trois chiens furent emprisonnés dans une coquille de pierre blanche.

— Retransforme-les en chiens tout de suite! grogna Artémis à l'adresse de Méduse.

Aphrodite et Perséphone la retinrent, craignant que les serpents puissent être venimeux.

— Non, je ne crois pas que je vais le faire, répondit Méduse, en examinant ses propres ongles, peints en vert.

Comme ils étaient dans une impasse, Athéna aperçut Poséidon à côté de la fontaine à nectar. Elle se fraya un chemin dans la foule et l'attrapa par le bras.

— Tu dois m'aider à l'arrêter.

— Moi ? couina-t-il en reculant. Non, non, non. J'ai peur des serpents.

Ses joues turquoise pâle virèrent au rose, et il regarda de tous côtés pour voir si quelqu'un l'avait entendu.

— Méduse ne te fera pas de mal, elle t'aime, dit Athéna en tentant de l'amadouer. D'ailleurs, ses pouvoirs fonctionnent seulement sur les mortels, pas les dieux.

— En es-tu absolument certaine ?

— Bien sûr, j'ai inventé Pervilave pour les mortels, après tout. C'est à ça que sert la Foire aux inventions, l'assura Athéna. Viens donc. Ne veux-tu pas devenir un héros ?

— J'imagine, répondit Poséidon en poussant un soupir.

Mais il lorgnait du côté des serpents de Méduse avec circonspection.

— Bien, dit Athéna rapidement.

Puis elle lui expliqua ce qu'elle attendait de lui.

— D'accord, dit Poséidon, toujours réticent. J'espère seulement que ça va fonctionner comme tu le dis.

Un instant plus tard, il l'appelait.

— Oh hé, Mééééduuse!

Les cheveux de Méduse bringueba-lèrent et sifflèrent comme elle se retour-nait pour essayer de voir qui l'appelait par-dessus la foule. Tout le monde se baissa pour éviter ses yeux, bien que la plupart étaient des dieux et des déesses, et par conséquent, insensibles à son regard.

— Oh! Salut, Poséidon, roucoula-t-elle lorsqu'elle le vit.

— Tu es bien jolie aujourd'hui, mentit-il en s'arrêtant à deux mètres d'elle.

— Merci.

Faisant un grand sourire, elle enroula timidement un serpent autour de son doigt.

— Sauf que… hum… tu as quelque chose entre les dents, ajouta-t-il. Quelque chose de vert.

— Vraiment? dit Méduse en mettant tout de suite une main devant sa bouche, l'air gêné.

Elle prit un mouchoir dans la poche de son chiton et le frotta sur ses dents de devant.

— C'est parti ? lui demanda-t-elle en lui montrant les dents.

— Non, c'est encore là, dit-il en secouant la tête.

— Tiens, j'ai un miroir. Regarde toi-même, dit Athéna.

Elle prit dans son sac le miroir en forme de bouclier qu'elle avait eu au marché aux boucliers de Persée lorsqu'elle vivait sur Terre, et elle le tendit à Méduse.

Méduse lui arracha le miroir des mains, le leva devant son visage et… regarda son propre reflet. Instantanément, elle et ses cheveux en serpents se transformèrent en pierre.

— Elle est tombée dans le panneau ! dit Poséidon.

— Heureusement pour nous que cela fonctionne vraiment sur les mortels, dit Athéna les yeux pétillants.

Aphrodite frappa des mains et se mit à rire.

— Comme c'est génial ! Tu as fait en sorte que Méduse se transforme elle-même en statue de pierre !

Autour d'eux, tous étaient bouche bée devant la nouvelle statue, puis ils se mirent à murmurer. Graduellement, ils se mirent à lancer des hourras de soulagement.

Athéna fit un grand sourire à Poséidon.

— Beau travail, dit-elle en lui faisant un « tope là ! ».

Des filles se mirent à l'entourer, le flagornant et repoussant Athéna.

— Ah ! Ce n'était rien, dit-il plus que prêt à en prendre le crédit.

Cela ne dérangea pas Athéna. Ces filles étaient les bienvenues autour de lui.

— Maintenant, il ne me reste plus qu'à trouver comment conjurer le mauvais sort qui a été jeté sur Pandore, dit-elle à ses amis. Surveillez-la. Je reviens dans une minute.

Sur ce, elle partit en coup de vent, grimpant les marches deux à deux pour se rendre à sa chambre.

Farfouillant sur son bureau, elle trouva son rouleau de texte du cours de sortilèges-ologie et le déroula. Plusieurs milliers de sortilèges y étaient décrits. Le parcourant en diagonale, elle passa rapidement les sortilèges anti-mauvaises notes («Faites-moi obtenir un A à tous les examens que je passerai aujourd'hui») et bannissement («Faites disparaître ces taches de rousseur sur mon visage et qu'elles ne reviennent jamais»)

Elle passa rapidement les enchantements qui pouvaient attirer la foudre, l'amour ou la chance. Et enfin, presque à la fin du rouleau, elle trouva ce qu'elle cherchait : conjurer les mauvais sorts.

Elle suivit la liste du doigt. Voyons voir. Anti-calvitie, anti-lourdingue, anti-dragon... Enfin, elle le trouva : un sort anti-statue-de-pierre.

Le lisant et le relisant maintes fois, elle le mémorisa. Avant même que le rouleau ait pu s'enrouler d'un coup, elle avait passé la porte et descendu l'escalier en trombe.

Lorsqu'elle arriva au rez-de-chaussée, les autres déesses étaient toujours en train de surveiller les statues. Age-nouillée, Artémis flattait la tête lisse et blanche de ses chiens, l'air triste.

Athéna se dirigea vers la statue de Pandore et mit une main sur son poignet froid et blanc. Se mettant sur la pointe des pieds, elle lui murmura doucement à l'oreille :

— Froid et pierre, redevenez sang et chair !

La statue de Pandore commença à trembler, puis à s'émietter. Une poussière blanche se répandit dans l'air alors que la pierre redevenait peau, cheveux, chiton et sandales.

— Que s'est-il passé? demanda Pandore, l'air ahuri. Pourquoi tout le monde me regarde-t-il comme ça?

— Tu es de retour! s'exclama Aphrodite.

Elle s'approcha et la serra dans ses bras avec émotion, provoquant ainsi un gros nuage de poussière blanche. Elle fit un clin d'œil à Athéna par-dessus l'épaule de Pandore :

— Elle commence déjà à poser des questions !

— Que se passe-t-il ? C'est quoi, toute cette poussière ? continua Pandore en retirant du bout des doigts de petites particules de marbre de ses cheveux.

— Méduse s'est servi d'une de mes inventions pour te transformer en statue de marbre, expliqua Athéna.

— Oh, vraiment ? dit Pandore en examinant la statue de Méduse. On dirait bien que ç'a marché sur elle aussi.

Rapidement, Athéna conjura le sort qui avait été jeté sur les chiens d'Artémis. Ils redevinrent de vrais chiens, sautillant et jappant de joie autour d'Artémis, qui les serrait dans ses bras. Puis ils coururent vers la statue de Méduse, grognant comme pour la fustiger.

Avant qu'Athéna puisse s'approcher de Méduse et prononcer les mots qui la transformeraient, Aphrodite l'attrapa par le bras.

— Attends! dit-elle

— Ouais, dit Pandore. Pourquoi se précipiter?

— Moi, je l'aime bien comme ça, convint Perséphone en croisant les bras. Gentille et tranquille, pour faire changement.

Athéna étudia la statue de marbre de Méduse. Son visage s'était figé dans une drôle d'expression lorsqu'elle s'était regardée dans le miroir. Elle avait les yeux légèrement croisés, et sa lèvre supérieure était repliée pour lui permettre de se regarder les dents.

— On dirait un castor qui louche, dit Artémis en gloussant.

C'était vrai, songea Athéna, se retenant de rire.

— Mais on ne peut vraiment pas la laisser comme ça, dit-elle. Si ?

— Peut-être quelque temps, suggéra Pandore.

— Jusqu'à demain, après la Foire aux inventions, ajouta Aphrodite.

— Cela donnerait aux profs le temps de décider de ce qu'il faut faire d'elle.

Après tout, on ne peut pas la laisser transformer les mortels en pierre selon son bon vouloir, dit Perséphone.

Athéna grimaça, hochant la tête lentement en examinant Méduse.

— Bien vu. Je veux dire, la laisser comme ça pour un jour ou deux ne ferait pas de tort. En fait, c'est une idée « marbreilleuse » !

10

Machins-trucs

À la Foire aux inventions, le lendemain, tout le monde de l'Académie
se réunit dans le gymnase pour voir les
inventions que les étudiants avaient
inscrites. Athéna venait juste d'arriver
lorsqu'Aphrodite, Perséphone et Artémis
lui firent des signes de la main quelques
tables plus loin. Elle se dirigea vers elles,
passant devant des tables couvertes

d'inventions fascinantes. Il y en avait toutefois quelques-unes qui lui semblaient plutôt lamentables, comme le « sac Rifice », par exemple.

— Les mortels font toujours aux immortels des offrandes de trucs dégoûtants comme des haricots de Lima. Des trucs dont nous ne voulons pas, lui expliqua le dieu qui l'avait inventé lorsqu'elle s'arrêta à sa table. Si tu mets ces offrandes dans ce sac, elles disparaîtront, poursuivit-il.

— Intéressant, dit Athéna. Personne sur Terre ne m'a encore fait d'offrande, dégoûtante ou non, mais je vais me souvenir de ton invention, le cas échéant.

D'autres inventions étaient simplement des trucs amusants. Comme le
baume à lèvres «Chanceux-en-amour»,
qui rendait tout le monde amoureux de
la personne qui le portait. C'était une
idée d'Aphrodite.

— Laisse-moi t'en mettre un peu,
dit-elle à Athéna lorsque celle-ci arriva à
sa table.

— Pas moi! dit Athéna avec horreur.
Essaie-le sur Artémis.

— Pas question! dit Artémis en riant
de bon cœur et en reculant d'un pas.
Essaie sur Perséphone.

— C'est déjà fait, dit Aphrodite en la
montrant du doigt.

De fait, une Perséphone aux lèvres roses se tenait tout près. Elle était entourée de trois jeunes dieux, qui jouaient du coude à qui la flatterait le plus.

— Je peux aller te chercher une cruche de nectar? lui demanda l'un.

— Ou un peu d'ambroisie? suggéra un autre.

— Pas que tu aies besoin de quoi que ce soit pour être plus belle, dit un troisième. Ta peau est aussi blanche que le marbre le plus pur de la carrière de Thassos.

Rougissant légèrement, Perséphone croisa le regard d'Athéna.

— J'espère vraiment que ce truc va bientôt cesser de faire effet, dit-elle.

— Wow! Vous avez vu l'invention de Poséidon? demanda Pandore en se précipitant vers elles.

Athéna serra la boîte contenant les inventions qu'elle avait apportées à la foire.

— Pas encore.

En jetant un coup d'œil derrière Pandore aux nombreuses rangées de tables, elle vit qu'une foule s'était réunie de l'autre côté de la salle. Poséidon s'y tenait au centre.

— Hé, qu'est-ce que c'est? demanda Pandore en apercevant le baume à lèvres d'Aphrodite. Avant que quiconque puisse lui expliquer ce que c'était ou même l'arrêter, Pandore s'en était enduit les lèvres. Instantanément, les admirateurs de Perséphone se tournèrent vers elle.

— Fiou ! dit Perséphone en saisissant sa chance de se sauver. Allons voir l'invention de Poséidon, dit-elle en remorquant Athéna et Artémis à sa suite.

— Attendez, je viens aussi, dit Aphrodite. Tu veux bien surveiller mon kiosque, Pandore ?

— Bien sûr, répondit Pandore.

Elle ne sembla pas se formaliser du fait que les jeunes dieux la suivaient partout. Au contraire, elle lançait joyeusement un feu roulant de questions à son auditoire captif.

— Alors, je me suis toujours demandé de quoi parlaient les jeunes dieux lorsque les déesses n'étaient pas dans les parages. Et pourquoi…

Alors que les quatre déesses se dirigeaient vers Poséidon, Athéna l'entendait expliquer avec fierté le fonctionnement de son invention.

— Vous voyez, vous glissez dans la chute du monstre marin, puis sortez de sa bouche pour tomber dans la grande piscine à vagues au bout de la glissoire, disait-il.

Lorsque la foule se fut suffisamment déplacée, Athéna put enfin examiner son invention. C'était un modèle réduit du magnifique parc aquatique qu'il prévoyait construire sur Terre! Il y avait des glissades aux courbes gracieuses faites de marbre poli, des sirènes et des tritons, des monstres marins, des fontaines et des piscines remplies d'eau turquoise où flottaient des nénuphars. Une enseigne placée devant annonçait : «VAGUES AQUATIQUES POSÉIDON».

«Époustouflant!» pensa Athéna.

Poséidon était sûr de gagner.

— Que penses-tu de mon parc aquatique? lui demanda Poséidon lorsqu'il la vit. Tu crois que je vais gagner?

— Ça semble vraiment amusant, lui répondit Athéna avec sincérité.

C'était un endroit où elle aurait parfois envie d'aller. Mais, bien entendu,
c'était pour les mortels seulement. Il faudrait qu'elle en parle à Pallas, par contre.

— Et tu as de bonnes chances de
gagner le premier prix, c'est certain,
poursuivit-elle.

Poséidon sourit à pleines dents.

— Merci. Ce sont tes inventions?
demanda-t-il en jetant des coups d'œil
curieux en direction de la boîte que tenait
Athéna.

Elle haussa les épaules. Ses inventions
faisaient bien piètre figure en compa-
raison. Aucune n'était aussi intéressante
qu'un parc aquatique. C'est ce qu'elle

commençait à lui dire, mais elle fut interrompue.

— Oyez, oyez! beugla le directeur Zeus.

Tenant un rouleau à la main, il grimpa quelques marches pour monter sur une scène installée au milieu du gymnase.

— Approchez, jeunes dieux et jeunes déesses de l'Académie du mont Olympe, tonna-t-il. Un éminent jury de mortels de la Terre est venu dans notre gymnase ce matin pour juger toutes les inventions de la foire de cette année. Ils viennent de faire parvenir à mon bureau un rouleau désignant le gagnant.

— Attendez! cria Aphrodite en agitant la main pour l'arrêter. Athéna n'a pas encore montré ses inventions.

Athéna lui attrapa le bras pour la faire taire.

— Je ne vais pas participer.

— Mais tu dois le faire, ajouta Perséphone. Tu as travaillé si fort sur tes inventions depuis que tu es arrivée ici!

— Penses-tu vraiment qu'un râteau ou un bateau peuvent l'emporter sur un parc aquatique? dit Athéna.

— Ton bateau est chouette, dit Artémis. Allez! Essaie.

Aphrodite hocha la tête pour l'encourager.

— Non, il est trop tard, dit Athéna en réussissant à sourire malgré sa déception. J'essaierai l'année prochaine.

— Et le gagnant est…

Zeus eut un sourire de ravissement en déroulant le rouleau qu'il tenait à la main. Ses yeux bleus perçants cherchèrent parmi la foule des étudiants jusqu'à ce qu'ils rencontrent ceux d'Athéna.

— La gagnante est ma fille préférée dans tout l'univers et la plus intelligente aussi, et j'ai nommé : Athé !

Athéna s'étrangla de surprise.

— Mais je ne peux pas avoir gagné. Je ne me suis même pas inscrite, murmura-t-elle juste assez fort pour que ses amies l'entendent.

— Les mortels ont peut-être aimé les inventions sur lesquelles tu as cogité lundi dernier, laissa entendre Artémis.

— Celles qui leur sont tombées sur la tête ? railla Athéna.

Elle était encore gênée de ce qui s'était passé avec Zeus l'autre jour dans la cour.

— Mais de toute manière, tu as gagné ! dit Aphrodite.

— Viens ici, viens chercher ton trophée, Athé, tonna Zeus.

Et même si elle suspectait qu'il y avait eu une erreur quelconque, Athéna ne pouvait s'empêcher de se sentir exaltée par la fierté qu'il y avait dans la voix de son père.

— Tu as entendu ce qu'il a dit, dit Perséphone.

— Ouais, vas-y, ajouta Artémis.

Les trois déesses poussèrent Athéna vers la scène. Lorsqu'elle fut suffisamment près, Zeus la souleva sur la scène et la déposa à côté de lui. Elle essaya de ne pas ciller en sentant la décharge électrique qui lui traversa les bras.

— Athé! Ma fille, tu m'as rendu très fier, ainsi que l'Académie! gronda sa voix. La Terre est enchantée par ton invention.

— Ils ont aimé le bateau? devina Athéna. Ou était-ce le râteau?

— Non, et non. Je veux dire, ils ont aimé celles-là quand même, bien

entendu. Mais ce qui les a vraiment souf-
flés, ce sont ces petits machins-trucs
ronds que l'on met dans les salades.

Il leva un petit ovale noir qu'il tenait
entre le pouce et l'index.

— Ils ont aimé mes olives ? demanda
Athéna, surprise.

— Ils ne les ont pas simplement
aimées, ils les ont adorées. Et ils ne se
contentent pas de les manger, ils extraient
l'huile de ces petits bidules pour la mettre
dans leurs lampes et pour chauffer leurs
maisons. Ils en font même du parfum et
des remèdes. Et certains en sont tellement entichés qu'ils veulent renommer
leur ville « Athènes » en ton honneur.

— Pardieu, dit Athéna, sonnée.

— Parfaitement, toi et tes olives avez fait sensation en bas, sur Terre ! Beau travail, Athé.

Sur ce, Zeus lança l'olive dans les airs et la rattrapa dans sa bouche. Il la mâcha bruyamment pendant un moment, puis en recracha le noyau.

Ptoui !

Le noyau décrivit un arc dans les airs avant de retomber dans la foule. Les étudiants esquivèrent à droite et à gauche pour ne pas le recevoir à la figure.

— Ma seule objection, ce sont ces satanés noyaux, rumina Zeus. Essaie de voir si tu ne pourrais pas faire quelque chose à ce sujet, Athé, ma fille.

— D'ac... d'accord, dit Athéna. Elle jeta un coup d'œil à Poséidon, qui avait l'air plus que secoué d'avoir été battu par une olive.

— Je suis contente qu'ils aient aimé les olives, dit-elle à Zeus en inclinant la tête en direction de Poséidon, mais ont-ils vu son parc aquatique ? C'est pas mal époustouflant.

— Tonnerre de tonnerre ! Ça me fait penser.

Zeus se tourna de nouveau vers la foule.

— J'ai autre chose à vous annoncer, beugla-t-il. La deuxième place va aux « Vagues aquatiques Poséidon » ! Monte ici, Posé, mon garçon !

Le visage de Poséidon s'illumina, et il se dépêcha d'aller les rejoindre sur la scène.

Soudain, un air bizarre se peignit sur les traits de Zeus. Il fronça les sourcils et pencha la tête légèrement, comme s'il tendait l'oreille pour écouter une voix que lui seul entendait.

— Sortir les poubelles ? Et c'est maintenant que tu me le rappelles, au beau milieu de la cérémonie de remise des prix ? rouspéta-t-il.

À mesure qu'il écoutait, ses sourcils reprenaient leur forme normale.

— Ah oui, j'avais presque oublié, ajouta-t-il.

Il se retourna vers Athéna.

— Ta mère vient juste de me rappeler de te remettre ça.

Il sortit un énorme trophée pour le lui montrer.

— C'est de notre part à tous les deux, poursuivit-il.

C'était le même trophée qu'il était en train de sculpter, le premier jour, lorsqu'elle était allée dans son bureau ; et il était aussi laid que dans son souvenir.

— Merci, je l'adore, dit-elle de façon honnête.

Peu importe qu'il soit laid, c'était un cadeau de ses parents…, et elle allait le chérir.

— Ta mère te transmet ses félicitations aussi, évidemment.

— Crois-tu que je pourrais lui parler moi-même, un de ces jours? demanda Athéna en prenant son courage à deux mains.

— Bien sûr! Je vais devoir servir d'interprète, parce qu'elle est une mouche et tout ça, mais nous allons y arriver.

Le cœur d'Athéna monta au firmament.

— D'ac. Merci, Monsieur le dir... papa.

Même si ce n'était pas tout à fait comme elle l'avait imaginé au début, elle commençait à être heureuse que le directeur Zeus soit son père.

Au même moment, Poséidon les rejoignit sur la scène.

— Maintenant, en tant que gagnants, vous pouvez tous les deux choisir vos prix, leur dit Zeus en posant fièrement une main sur l'épaule de chacun.

Avant qu'Athéna puisse ouvrir la bouche, Poséidon sortit une liste qu'il avait préparée et commença à lire :

— Tout d'abord, j'aimerais que les mortels nomment une marque de gomme à mâcher en honneur de mon trident, de sorte que personne ne l'appelle plus une fourche, dit-il à Zeus. Ensuite, je voudrais devenir le concepteur officiel des parcs aquatiques de la Terre. Et enfin, j'aimerais que l'on mette beaucoup de statues de moi dans les fontaines un peu partout.

Il remit la liste dans sa poche.

— Ce sera fait, proclama Zeus, en lui tendant un petit trophée en or.

Souriant à pleines dents, Poséidon quitta la scène, agitant son trophée en signe de triomphe. La foule en délire, plus particulièrement les filles, l'acclama.

Puis Zeus se tourna vers Athéna.

— Et toi? Quel prix aimerais-tu recevoir?

Athéna savait déjà ce qu'elle désirait le plus.

— Je me demandais si…

Elle croisa les doigts derrière son dos pour attirer la chance avant de continuer.

— Je me demandais… si mon amie Pallas, de la Terre, pourrait venir me rendre visite… termina-t-elle en bafouillant.

— Une mortelle ?

Les sourcils noirs de Zeus se soulevèrent dubitativement.

— Est-elle douée pour quoi que ce soit ?

— En quelque sorte. C'est une bonne amie… un vrai cadeau pour moi. Juste une visite. S'il vous plaît, s'il vous plaît, s'il vous plaît ! supplia Athéna, en espérant aussi fort qu'elle le pouvait.

Après une longue minute de discussion intense avec la mouche dans sa tête, Zeus répondit :

— D'accord, pourquoi pas ?

Les muscles de son bras se gonflèrent lorsqu'il pointa le doigt vers un espace vide au centre de la scène.

— Au nom de Zeus, que cela soit !

Zap !

La foudre sortit du bout de ses doigts. Lorsque la fumée se dissipa, Pallas était là, sur scène, entre le père et la fille.

Ses longs cheveux foncés et ondulés étaient en bataille, et elle portait son pyjama. Non seulement Zeus l'avait-il transportée au mont Olympe, mais il semblait bien qu'il l'eût tirée du lit !

En bâillant, Pallas regardait autour d'elle comme si elle pensait être en train de rêver.

— Pardieu ! Je ne voulais pas dire maintenant, dit Athéna à Zeus. Elle n'est même pas habillée.

Pallas se gratta le coude, puis elle s'étira en bâillant de nouveau.

— Est-ce que je devrais la renvoyer ? demanda Zeus, l'air embrouillé.

— Mais non ! dit Athéna en levant les yeux au ciel.

Franchement, parfois les parents ne comprenaient rien à rien.

— Désolée pour le pyjama, Pal, dit Athéna à son amie.

— Suis-je réellement sur le mont Olympe? demanda Pallas, commençant à avoir l'air plus excitée.

Et plus réveillée. Elle tendit la main et toucha le bras d'Athéna.

— C'est bien toi, Athéna, ou est-ce que je rêve encore?

Athéna fit un sourire, en lui serrant la main.

— C'est moi, et oui, c'est vraiment le mont Olympe, ici. Si Zeus envoie un message à tes parents, veux-tu passer la fin de semaine ici?

— Sans blague? Oui! cria Pallas.

Athéna et elle se firent un câlin et commencèrent à sautiller tout le tour de la scène ensemble en décrivant un petit cercle.

— Merci, papa, dit Athéna à Zeus.

Elle était si heureuse qu'elle le serra dans ses bras lui aussi, mais le lâcha aussitôt en recevant une décharge.

Zeus sourit à son tour, mastiquant bruyamment une autre olive.

— N'importe quoi pour mon Athé.

En lui faisant un grand sourire et en glissant un bocal d'olives sous son bras musclé, il sauta de la scène et se dirigea vers son bureau.

— Je me demande ce que je devrais faire avec ça, dit Athéna en regardant l'énorme statue qu'il lui avait laissée.

Elle n'arrivait toujours pas à distinguer de quel oiseau il s'agissait.

— Je vais m'en occuper, dit Aphrodite de l'endroit où elle se tenait avec les autres déesses, devant la scène.

— Auriez-vous l'obligeance d'apporter ça dans la vitrine à trophées? intima-t-elle aux quatre jeunes dieux qui se trouvaient le plus près d'elle en leur faisant un sourire. Je vous en serais reconnaissante.

Ils se bousculèrent presque, se précipitant sur la scène pour impressionner la plus jolie déesse de l'école, puis ils soufflèrent comme des bœufs en transportant le trophée d'Athéna à travers le gymnase vers la salle aux trophées.

— Merci, Aphrodite, dit Athéna.

— Aphrodite? répéta Pallas en la regardant avec admiration.

— Viens faire la connaissance de mes nouvelles amies déesses, dit Athéna en tirant sa vieille copine pour aller rencontrer les autres.

— Hé! tout le monde, voici Pallas, mon amie de la Terre.

Pendant que les filles se présentaient à elle, Pandore prit son élan.

— Devinez quoi? dit-elle une fois qu'elle eut été présentée elle aussi. J'ai réussi à entrer dans la fanfare, et vous avez toutes été acceptées dans la troupe des ADS! La liste vient juste d'être affichée sur le babillard!

— Woo-hoo ! cria Artémis.

— Wooooo, hurlèrent ses chiens.

— Allons fêter ça ! dit Perséphone.

— Et que fait-on de Méduse ? demanda Athéna alors qu'elles sortaient du gymnase.

Elle ne lui manquait pas une seconde, mais elle se demandait si elles devaient ou non la laisser comme ça.

— Plus tard, dit Aphrodite en faisant la moue.

— Ouais, elle ne s'enfuira pas, ajouta Artémis.

— Pourquoi gâcher la fête ? dit Pandore.

— Eh bien ! Alors, allons-y ! dit Athéna en souriant.

— Qui est Méduse? demanda Pallas au moment où elles se remettaient en marche.

Elle semblait un peu abasourdie et dépassée.

— Je n'ai jamais entendu parler d'une déesse portant ce nom, poursuivit-elle.

— Viens. Nous allons tout t'expliquer, dit Athéna en la prenant par le bras. Ce fut une semaine bien remplie. Et j'ai très hâte de tout te raconter!

— Wow! Je n'arrive pas à croire que je vais passer une fin de semaine complète avec des déesses! Et…

Soudainement, Pallas se figea sur place.

— Oh. Mes. Dieux ! dit-elle d'une voix éteinte.

Elle leva un doigt tremblant vers le stand des « Vagues aquatiques », devant lequel elles passaient.

— Est… est-ce que c'est… Poséidon ?

Remarquant l'intérêt qu'elle lui portait, Poséidon lui fit son plus beau sourire ainsi qu'un clin d'œil.

Pallas rougit jusqu'aux oreilles.

— Encore une autre qui tombe sous le charme, murmura Artémis.

Athéna réussit à retenir un sourire.

— Je vais te le présenter un peu plus tard, si tu veux, dit-elle. Mais peut-être devrais-tu changer de vêtements avant.

— Pardieu! s'exclama Pallas en devenant rouge comme une tomate. J'ai oublié que je portais toujours mon pyjama.

— Pas de souci, dit Aphrodite. Je vais te prêter quelque chose qui t'ira à merveille.

Comme les filles se dirigeaient vers les chambres, Athéna pensa combien elle était heureuse d'être avec son ancienne amie Pallas et ses nouvelles amies Aphrodite, Perséphone, Artémis et Pandore. Et tout compte fait, les étudiants de l'AMO n'étaient pas si différents des étudiants là-bas, sur Terre. Alors que la majorité d'entre eux étaient gentils, Méduse et ses sœurs étaient simplement comme certaines des filles populaires un peu snobs de son ancienne école.

— L'Académie est si magnifique! dit Pallas, bouche bée devant les peintures et les statues lorsqu'elles pénétrèrent dans le bâtiment principal.

— N'est-ce pas? lui dit Athéna, entendant la fierté dans sa propre voix.

Pallas s'approcha, de manière à ce que seule Athéna puisse l'entendre.

— Alors, tu es heureuse ici? Tu te sens acceptée?

— Ouais, lui assura Athéna. Très.

Et elle se rendit compte que c'était la vérité. Elle se sentait acceptée. Parmi les filles aux cheveux en serpents et les garçons qui faisaient des bruits de succion en marchant, elle était presque normale ! Et bien que la dernière semaine ait été difficile, avoir de bonnes amies avait facilité les choses. De plus, ses études l'intéressaient bien davantage qu'aucun cours du lycée Triton ne l'avait jamais fait. Pas que tous ses problèmes fussent terminés, bien entendu. Il faudrait que ses amies l'aident à faire du rattrapage et lui apprennent les règles nécessaires pour devenir une apprentie déesse. Mais elle avait hâte de relever les défis qui l'attendaient. Et, aussi, d'apprendre à connaître un peu mieux Zeus et sa mère.

— Ouais, j'ai le sentiment que je serai très heureuse à l'Académie du mont Olympe, dit Athéna.

En souriant, elle tira Pallas vers l'escalier.

— Viens. Je vais te faire visiter les lieux !

Perséphone et les faux-semblants

Une cloche-lyre sonna, signalant ainsi la fin d'un autre lundi à l'AMO, l'Académie du mont Olympe. Perséphone fourra le rouleau de texte qu'elle était en train de lire dans son sac à rouleaux et se leva pour quitter la bibliothèque. Comme elle rejoignait la multitude de jeunes dieux et déesses qui déferlaient dans le couloir, un héraut apparut au balcon au-dessus d'eux.

— Le vingt-troisième jour d'école tire maintenant à sa fin, annonça-t-il d'une voix forte et importante.

Puis il frappa la cloche-lyre encore une fois avec un petit maillet.

Une déesse aux cheveux châtains tenant tant de rouleaux dans ses bras qu'elle pouvait à peine voir par-dessus se mit à marcher à côté de Perséphone.

— Pardieu! Ce qui signifie qu'il ne reste plus que 117 jours d'école avant la fin de l'année!

— Salut, Athéna. Un peu de lecture légère? plaisanta Perséphone en montrant la pile de rouleaux.

— De la recherche, dit Athéna.

C'était la plus intelligente des amies de Perséphone, et aussi la plus jeune, bien qu'elles soient toutes dans les mêmes classes.

Les deux déesses passèrent devant une fontaine dorée. Les yeux de Perséphone s'attardèrent sur une peinture accrochée au mur derrière la fontaine illustrant Hélios, le dieu du soleil, qui montait dans le ciel sur son carrosse tiré par des chevaux. L'Académie était remplie d'œuvres d'art relatant les exploits des dieux et des déesses. C'était si inspirant !

— Hé, les filles, attendez moi ! leur lança une déesse vêtue d'un chiton bleu pâle, la robe fluide qui faisait alors rage parmi les déesses et les mortelles grecques.

Aphrodite, la plus belle des amies de Perséphone, accourut vers les deux filles sur le sol de marbre brillant. Ses longs cheveux dorés, retenus par des barrettes en coquillage, volèrent derrière elle alors qu'elle dépassait en coup de vent un dieu mi-homme, mi-bouc. Celui-ci bêla, mais lorsqu'il vit de qui il s'agissait, il la suivit des yeux avec un regard admiratif de biche éperdue.

— Je m'en vais au marché des immortels, cet après-midi, dit Aphrodite à bout de souffle. Artémis était censée venir avec moi, mais elle a un entraînement de tir à l'arc. Vous voulez m'accompagner?

Athéna ployait sous le poids de ses rouleaux.

— Je ne sais pas, dit-elle. J'ai tellement de travail.

— Ça peut attendre, dit Aphrodite. Ne préfères-tu pas venir faire du lèche-vitrine?

— Eh bien, dit Athéna, je pourrais avoir besoin de nouveau fil à tricoter.

Athéna était toujours en train de tricoter quelque chose. Son dernier projet était un bonnet de laine rayé. Elle l'avait fait pour monsieur Cyclope, le professeur d'héros ologie, pour couvrir sa tête chauve.

— Tu vas venir toi aussi, Perséphone, n'est-ce pas ? demanda Aphrodite.

Perséphone hésita. Elle n'avait pas vraiment envie d'aller courir les boutiques, mais elle avait peur de faire de la peine à Aphrodite. Dommage qu'elle n'ait pas une bonne excuse comme Artémis. Mais à part sa participation à la troupe des apprenties déesses, Perséphone n'aimait pas trop les sports.

— Euh… je… j'aimerais beaucoup y aller, dit-elle enfin.

Sa mère aurait été fière d'elle. Elle disait toujours à Perséphone d'être polie et de «suivre le courant pour ne pas faire de vagues».

À propos des auteures

JOAN HOLUB est l'auteure primée de plus de 125 livres pour les jeunes, notamment de *Shampoodle*, *Knuckleheads*, *Groundhog Weather School*, *Why Do Dogs Bark?* et de la série Doll Hospital. Des quatre déesses, celle à qui elle ressemble le plus est sans doute Athéna, car comme elle, elle adore imaginer de nouvelles idées… de livres. Mais elle est contente que son père n'ait jamais été le directeur de son école!

Visite son site Internet, au www.joanholub.com.

SUZANNE WILLIAMS est l'auteure primée de près de 30 livres pour enfants, dont *Library Lil*, *Mommy doesn't Know My Name*, *My Dog Never Says Please*, et des séries Princess Power et Fairy Blossoms.

Son mari dit qu'elle est la déesse des questions assommantes (la plupart au sujet des comportements bizarres de son ordinateur). Ce qui la fait ressembler un peu à Pandore, sauf que Pandore n'a jamais eu à composer avec les problèmes d'ordinateur. Comme Perséphone, elle adore les fleurs, mais elle n'a pas le pouce vert comme elle. Suzanne vit à Renton, dans l'État de Washington. Visite son site Internet, au www.suzanne-williams.com.

éditions

www.ada-inc.com
info@ada-inc.com

www.facebook.com/EditionsAdA

www.twitter.com/EditionsAdA